표절의 문화와 글쓰기의 윤리

국립중앙도서관 출판시도서목록(CIP)

표절의 문화와 글쓰기의 윤리 / 리처드 앨런 포스너 지음 ;
정해룡 옮김. – 부산 : 산지니, 2009   p. ;   cm

원표제: The little book of plagiarism
원저자명: Richard A. Posner
참고문헌 수록
영어 원작을 한국어로 번역
ISBN 978-89-92235-54-9 93800 : ₩12000

저작권[著作權]
표절[剽竊]

011.2-KDC4
346.0482-DDC21   CIP2008003907

PLAGIARISM

표절의 문화와
글쓰기의 윤리

리처드 앨런 포스너 지음 ● 정해룡 옮김

산지니

일러두기

1. 각주는 책의 이해를 돕는 범위 내에 한정하여 모두 역자가 표시하였다.
2. 각주로 처리하지 않은 고유명사나 영어 개념은 본문에 표시하였고 각주로
   처리한 고유명사나 영어 개념은 본문에 표시하지 않았다.

역자서문

최근 표절의 문제는 우리 사회의 학계, 문화계 등 소위 지식층의 영역에서부터 일반 대중 예술에 이르기까지 큰 이슈로 등장하고 있는데, 이는 단지 우리나라의 문제만이 아니라 외국에서도 종종 발생하고 있는 현상이다. 그러나 선진국에서는 표절의 문제를 지적재산권과 함께 좀 더 일찍 인식하고 이를 방지하는 가이드라인을 제정하고 교육시킴으로써 사전에 방지하는 제도적 시스템을 구축하였기에 오늘날 우리 사회만큼 큰 혼란을 겪고 있지는 않다. 이에 반해 우리 사회의 경우 표절논란은 끊임없이 제기되고 있어 그 문제가 상당히 심각한 편이다.

가장 최근의 표절사건으로는 신인작가 주이란이 "저는 영혼을 도둑맞았습니다"라는 제목의 글을 인터넷 신문에 기고하면서 조경란의 장편소설 『혀』가 동일제목의 자신의 단편소설 『혀』를 표절했다고 문제제기를 한 것인데, 현재 이 사건이 문학계에서는 논란이 되고 있다.

제자의 작품 몇 편을 작가를 밝히지 않고 자신의 시집에 임의로 삽입한 마광수 교수 사건, 김병준 총리 지명을 둘러싼 논란, 이필상 총장 사건 등은 본인들의 사과와 사퇴 등을 통해 '사건'은 해결되었지만 '표절'과 관계된 논란은 수면 아래 일시적으로 잠복해 있는 상태이다. 이명박 정부가 들어선 최근에도 청와대나 정부부처 고위직 후보의 연구윤리와 관련한 시시비비 때문에 당사자의 능력을 검증해야 할 인사청문회가 아예 개최되지도 못하고 그만 낙마하는 웃지 못 할 사태가 반복되고 있다. 특히 인터넷 강국이라는 명성에 걸맞게(?) 인터넷 상에서 일어나는 표절의 문제와 논란은 더욱더 심각해져만 가고 있다. 몇 해 전 어느 네티즌이 외국 노래와 상당히 유사한 한국 대중음악 50곡을 서로 비교한 동영상을 인터넷에 띄워 많은 사람을 놀라게 했고, 70년대부터 지금까지도 여름이면 즐겨 듣고 부르고 있는 키보이스란 그룹의 「해변으로 가요」는 재일동포 작곡가의 작품임이 밝혀져 결국 막대한 저작권료를 지불해야 한다는 법원의 판결이 내려진 것은 너무도 유명한 사건이다.

이제 표절문제는 윤리적 비판의 차원을 넘어서서 행정적 처벌과 사법적 심판의 대상이 되고 있다. 문화계 일반의 표절은 저작권 침해와 양심의 문제로 귀결되는 경향이 있지만, 학문을 수행하는 대학사회의 표절과 비윤리적 행위는 직접적인 법의 심판을 받기까지 하고 있다. 예컨대, 2006년 12월 말 제자에게 논문을 대필시킨 지방 모 국립대 교수가 경찰에 구속된 것이 사법적 심판의 한 가지 사례이고, 서울 모 사립대의 경우 교수승진 심사용으로 제출한 논문이 표절로 판정되어 해당 교수가 정직 3개월이라는 징계를 받은 것은 행정적 제재의 사례에 해당한다. 특히, 신정아 동국대 교수의 학력위조 사건은 표절과 더불어 우리 지식사회의 치부를 그대로 드러내고 있다. 이제 교육과학부는 정부의 지원을 받은 연구실적물 가운데 5%를 무작위로 추첨해 연구윤리를 검증하는 〈스포트 체크〉(spot check) 제도를 도입했으며, 문화체육관광부는 지난 3월 현행 저작권법상 친고죄인 출처명시 위반을 비친고죄로 전환하는 방안을 적극적으로 추진하려는 의지를 표명했다.

그러나 표절과 관련된 비윤리적 연구행위에 대한 문제

가운데 하나는 그것에 대한 비판과 동정이 상당히 혼재하다는 점이다. 이것은 그동안 우리 사회가 경제적인 성장과 사회의 양적 팽창에만 치중한 나머지 가장 엄정하고 윤리적이어야 할 학문의 전당에서도 질적인 문제보다는 성과 위주의 수량적 가치에 경도된 까닭일 것이다. 다시 말해, 올바른 연구를 위한 분명한 가이드라인을 확립하지 못한 데에도 일부 그 원인이 있다. 이것은 이필상 교수의 "표절과 중복게재에 대한 동정론도 만만치 않았다"는 『연합뉴스』(「교육부총리·대학총장 잡은 논문표절」, 2007. 2. 15)의 보도에서도 알 수 있듯이, 표절은 표절에 대한 가이드라인의 부재가 낳은 징후의 일면이라는 의식이 학계에 만만치 않은 것도 사실이다. 따라서 광주교대가 사회교육과 교수 2명의 중복게재 논문을 "논문작성 시점이 오래된 점을 들어 징계조치를 내리지 않겠다는 뜻을 밝혔다"(『교수신문』, 「광주교대, 교수2명 논문표절」, 2007. 5. 6)는 결정을 내린 것은 시사하는 바가 크다. 그것은 가이드라인이 없던 시절에 작성된 과거의 비윤리적 행위와 표절의 문제를 사회적 이슈가 되고 있는 현 시점에서 엄격한 잣대로 재단하는 것은 무리라는 판단 때문이다. 사실 한 월간지의 설문조사에 따르면, "과거 연구윤리가 정착되기 이전에 일어난 표절에 대해서는 관용을 베풀어야 한다"는 의견이 51.3%이고 "밝혀진 표절에 대해서는 시기를 불문하고 책임을 물어야 한다"는 의견이 44.5%로 팽팽히 맞서고 있다(『월간중앙』 2007년 4월, p.189). 또 현재 강단 종사자들이 범하는 표절에 관한 논의에서 가장 많은 논란을 야기하는 '자기표절(self-plagiarism)'에 대한 판단에 있어서도 "자신의 공적을 부풀리는 부도덕한 행위일 뿐 아니라 학문 공동체를 기만하는 행위"(『교수신문』, 「학생의 영혼을 파는 일」, 2006. 11. 21)이기 때문에 반드시 책임을 물어야 한다는 의견과 "보호받아야 할 영역과 비판받아야 할 영역을 명확하게 구분하기 위한 노력도 상당 부분 이루어져야 할 것"(『교수신문』, 「논단: 표절과 창작의 한계점에서」, 2006. 4. 2)이라는 신중론이 팽팽히 맞서고 있는 실정이다.

현재 우리 사회가 표절의 문제를 포함한 윤리적 글쓰기에 대해 많은 관심과 다양한 논의를 진행하고 있는 것은, 좁게는 학문의 선진화를 위한 중대한 일보(一步)인 동시에 사회의 정치적 올바름을 위한 역사적 흐름의 한 갈래임에 틀림없다. 이러한 때일수록 우리 사회에 요구되는 것은 표절의 문제제기가 학계의 일각에서 우려하고 있는 것처럼 정치적 이해관계에 따라 단속적으로 제기된다거나 혹은 "아무런 문제가 없는 표절 또는 단순히 표절이라고 규정하기에는 무리가 따르는 부분까지 모두 표절이라는 보도로 마구잡이 베어버리는 분위기"(『교수신문』,「전가의 보도: 표절과 도덕」, 2007. 3. 2)의 덫에 빠지지 않는 가운데 표절의 문제에 신중하게 접근하는 지혜가 필요할 것이다.

이 책은 리처드 앨런 포스너(Richard Allen Posner)의 The Little Book of Plagiarism을 우리말로 옮긴 것이다. 현재 미국의 저명한 법리학자이자 현직판사인 포스너는 116쪽의 포켓판으로 된 작은 책에서 저작권 소송의 재판을 담당한 경험을 바탕으로 표절의 문제를 심도 있게 다루고 있다. 이 책은 문학, 학문, 음악, 미술, 영화 등 문화계 전반에 걸쳐 일어나고 있는 표절의 문제를 다룬다. 포스너는 카비야 비스와나탄과 제이슨 블레어와 같은 최근의 표절 사건, 표절의 정의와 그것이 역사 속에서 어떻게 변화되어 왔는지의 문제, 작가(writer)와 저자(author)의 차이, 표절과 저작권 침해의 차이, 표절에 대한 처벌 방식 등 실로 여러 가지 부분에 걸친 문제를 다루고 있다.

표절은 원저자로부터 사전에 허락을 받지 않거나 또는 출처를 밝히지 않고 마치 자신의 것인 양 무단으로 베끼는 것으로, 포스너는 이를 '지적사기(intellectual fraud)'로 정의하고 있다. 그는 미국의 고교생과 대학생의 3분의 1이 '리포트 공장'으로부터 리포트를 구매하고 있는 것이 현실임을 언급하면서, 대중에게 잘 알려진 유명인사 예컨대, 역사적으로 표절의 시비에 휘말렸던 인권운동가 마틴 루터 킹, 역사가 도리스 굿윈, 상원의원 조셉 바이든뿐만 아니라 문학의 대가로서 존경받고 있는 영국의 풍자작가 조나단 스위프트, 극작가 셰익스피어, 노벨문학상 수상 시인 T. S. 엘리어트 등의 사례를 들어 표절을 설명하고 있다.

그런데 '지적 재산의 도둑질로 간주되는 표절은 사실상 정의하기가 쉽지 않다'는 것이 포스너의 생각이다. 예컨대 교재의 경우 출처를 구체적으로 밝히지 않고 서술해도 용인되며, 또한 유명인사의 자서전 같은 경우 대리 작가가 쓰지만 이를 문제 삼는 일는 거의 없다. 포스너는 표절을 지나치게 엄격하게 적용하는 것을 경계하면서 표절은 '심각한 법률적 위반행위라기보다는 대중들로부터 치욕이나 불명예의 응징을 받는 윤리적 위반'으로 보아야 한다고 주장한다.

이 책에서 포스너는 서구 문화사를 통해 표절의 개념이 시대에 따라 변해왔음을 상기시키면서 옛날에는 표절이 중죄가 아니었음을 보여주고 있다. 셰익스피어에서 램브란트,

코울리지 등 과거의 예술가들은 순수한 독창성보다는 이미 존재하고 있는 자료를 개작하거나 재구성하는 것을 가치 있는 작업으로 여겼다. 당시에는 타인의 어떤 구절이나 플롯을 몽땅 가져와 써도 아무도 개의치 않았다. 오늘날의 기준으로 본다면 이들이 모두 표절자로 낙인찍힐 수 있겠지만 당시의 관습에서는 전혀 문제가 되지 않았다.

포스너가 볼 때, 다른 작가의 작품을 베끼는 것은 이미 오래전부터 내려온 명예로운 전통이다. 노벨 문학상을 수상한 영국의 T. S. 엘리어트나 저 유명한 셰익스피어가 표절을 밥 먹듯이 했다는 사실을 상기시키며, "만약 (그들의) 문학이 표절이라면 표절의 적용 범주는 엄청 늘어날 것이다"라고 주장한다. 셰익스피어와 마네는 소위 '창조적 모방(creative imitation)'의 전형인데, 사실 모방이 창조적 작업의 핵심적인 요소이지 않느냐고 질문한다. 그는 이러한 창조적 모방과 표절을 구별하기란 사실상 쉽지 않다고 말한다. 포스너에 따르면 오늘날 표절자인지 판단하기 위해서는 타인의 저작물을 침해함으로써 표절자가 어떠한 이익을 얻었는지, 동시에 다른 사람에게 어떤 피해를 입혔는지를 고려해야 한다고 주장한다. 예를 들면, 표절을 한 학생은 스스로 과제물을 완성한 학생에 비해 성적이 우수하게 평가되어 결국 다른 동료에게 피해를 입히게 된다는 말이다.

한편, 그는 '자기표절(self-plagiarism)의 문제'를 거론하면서, 영국의 소설가 로렌스 스턴(Laurence Sterne)이 아내에게 보냈던 연애편지를 훗날 애인에게 다시 사용한 사례를 예로 든다. 그는 이것이 당사자에게는 불명예스러운 일일지라도, 표절은 아니며 게다가 저작권의 시대인 오늘의 기준으로 보아도 다르다고 본다.

그는 시대와 문화에 따라 달라지는 표절의 위상을 검토하면서 문화적 상품을 사고파는 시장이 표절에 대한 우리의 생각에 영향을 주고 있는 것은 아닌지를 고민한다. 다시 말해 독창성에 가치 부여를 한 것은 시장이라는 경제적 틀이 작용했다는 말이다. 셰익스피어 시대에는 그런 이윤추구의 시장이 없었기에 표절에 대하여 큰 관심이 없었다. 그는 오늘날 표절의 문제에 집착하는 사회적 분위기를 '명사 숭배의 문화' 즉, '독창성에 대한 숭배'의 문화와 관계있는 것으로 본다. 그러나 베끼기란 무조건 나쁘다는 생각, "문학과 예술, 나아가 모든 지적 상품이 독창성이 없으면 전혀 창조적이지 않다는 생각"은 곤란하다고 본다. 포스너는 훌륭한 예술은 전적으로 독창적이어야 한다는 생각에 동의하지 않는다. 이런 관점에서 포스너는 '독창성(originality)'과 '창의성(creativity)'을 '구별'한다. 후자는 규범적인 개념인 반면, 전자는 아니라는 것이다. 독창성이란 기존의 작품과 다른 작품의 성격을 말할 뿐이어서 아무리 독창적이라도 작품의 가치가 없을 수도 있는 것이다.

포스너는 이 책에서 '표절(plagiarism)'과 '저작권 침해(copyright infringement)'를 구분하여 설명하고 있다. 표절과 저작권 침해는 서로 중복되기도 하지만 항상 동일한 것은 아니다. 후자의 경우 저작권이 만료되면 저작물은 공공의 영역(public domain)에 속해 누구든 법률적 책임 없이 복제를 할 수 있다. 그러나 공공의 영역에 있는 저작물을 복제하더라도 출처를 밝히지 않으면 여전히 표절로 간주될 수 있다. 포스너가 예를 든 비스와나탄의 경우 표절과 저작권 침해 모두에 해당된다. 가령 비스와나탄이 베낀 메건 맥카퍼티의 소설이 오래 전에 출판되어 저작권이 없는 상태라면 비스와나탄은 저작권 침해의 범법행위를 한 것은 아니지만 여전히 표절자로 간주될 것이다. 그러나 비스와나탄이 맥카퍼티의 소설을 베꼈다고 공개적으로 인정한 경우 표절의 혐의는 벗을지 모르나 저작권을 침해한 것만은 분명하다.

포스너는 이 시대가 기술의 발전 예컨대, 인터넷 검색 사이트를 통해 표절을 하기도 쉽지만 찾아내기도 쉬워졌다는 이유로 표절의 문제를 비교적 낙관적으로 본다. 그래서 이 시대를 '표절의 황혼기'라고 규정한다. 그러나 분명 포스너는 표절을 실수로, 혹은 '잠복기억(cryptomnesia)' 즉, 무의식 속에 자리한 기억을 자신의 고유한 생각으로 착각하고 저질렀다는 작가들의 변명을 불신한다.

현재의 '법률은 표절을 사법적 대상으로 문제 삼지는 않는다.' 법률적인 기준으로 보면, 패러디는 법에 저촉되지 않는다. 이것은 필명을 사용하는 대필 작가를 고용하여 자신의 이름으로 내는 유명작가들의 작품도 문제되지 않는다. 하지만 이름을 빌려주고 돈을 받은 작가는 비난받을 수 있다. 그러나 서기가 작성한 판결문에 판사가 이름만 올린다는 사실이 공공연하게 알려져 있는 판사의 판결문은 표절에 해당하지 않는다. 셰익스피어나 엘리어트는 공공연하게 표절하기 때문에 표절로 비판받지 않았을 뿐만 아니라 오히려 원본의 가치를 더 높인 것으로 인정받는다. 그러나 특히 '학문적 표절은 중하게 다루어지고 있는 것이 현실'이다. 그래서 누군가 써준 리포트를 제출하는 학생이나 학생의 작품에 슬쩍 이름을 올리는 교수는 퇴출되기도 한다.

포스너는 노련한 법리론가의 명성답게 표절의 문제를 판

단할 때 법률적인 관점에서 냉정하게 접근함으로써 어느 한 쪽에 치우치지 않는 객관성을 유지하고 있다. 표절의 문제는 대중의 광적인 비난이나 당사자의 단순한 사과로 끝날 일이 아니라 좀 더 냉정한 평가가 필요하다고 본다. 그는 예술생산물의 표절과 창의적 모방을 구분하기 위해 독창성과 창의성, 패러디와 단순 모방을 구별함으로써 예술작품의 표절 문제를 다룰 때 우리가 더욱 신중해야 하는 이유를 잘 정리해서 제시하고 있다. 이것은 이 책이 가지는 큰 미덕 가운데 하나이다.

그러나 포스너는 표절을 '지적 사기'라고 규정하면서도 '예술적 표절과 비예술적 표절에 대한 판단에 있어 상당히 다른 입장'을 보이고 있다. 그는 학문의 표절에 대한 분석보다는 예술의 표절 시비에 대한 논의에 더 많은 지면을 할애하고 있다. 그 이유는 저자가 살고 있는 국가인 미국의 경우 아카데미의 구성원 즉, 학생과 교수진이 저지르는 표절에 대해서 이미 분명한 판단과 처벌의 기준이 있기 때문인 것으로 여겨진다. 포스너가 논의하는 문학작품의 자기표절의 문제는 최근 본격적으로 우리 사회에서 제기되고 있는 자기표절의 문제에 대한 우리의 논의에 일정한 참조로서 기능할 수 있을 것 같다.

무엇보다도 포스너는 표절에 대한 사회적 분위기가 언론에 의해 마녀 재판식으로 쉽게 과열되고 있는 현실을 우려한다. 그는 예술의 경우 표절 여부를 판단하기도 쉽지 않을 뿐만 아니라 설령 표절이라 하더라도 그것이 가치 있는 표절 즉, '창조적 모방'일 수 있음을 강하게 주장한다. 예술계의 표절에 대해서는 영미의 문학적 전통에서 그 연원을 찾고 있을 뿐만 아니라, 그것이 문학의 고유한 표현양식(패러디)의 하나이기 때문에 표절작품을 무조건 표절로만 볼 수 없다는 암시를 하고 있다. 따라서 이런 경우에 사회가 논쟁으로 사회의 에너지를 낭비하기보다는 차라리 객관적인 판단이 가능한 지적재산권 즉, 저작권의 침해를 기준으로 문제에 접근할 수 있다는 것이 포스너가 암시하는 주장이다. 그러나 예술의 표절 문제가 판단하기 쉽지 않다는 그의 주장이 자칫 예술의 표절 문제를 해결하기보다는 논란을 더욱 증폭시킬 우려가 있는 것은 이 책의 아이러니이기도 하다.

　한편 포스너가 표절이 검색기술이 발달하는 미래로 가면 갈수록 더욱 어려워질 것으로 예상하고 있는 것은 지나친 낙관적 전망이라는 생각을 하지 않을 수 없다. 개인 홈페이지나 블로그, 심지어 포털사이트를 운영하는 운영자들이 인터넷 상에서 일어나는 일이라는 이유로 다른 사람의 글이나 사진, 음악, 동영상 등을 '퍼 나르기' 하는 사례는 더욱더 기승을 부리고 있다. 이는 우리의 표절불감증이 어디까지인지를 잘 보여주는 현상이기도 하지만, 전세계적으로 컴퓨터 사용이 증가하고 인터넷을 통한 개인의 활동이 커지는 오늘날 심각한 사회 문제로 대두될 것으로 보인다. 따라서 표절의 현상이 표절을 검색할 수 있는 프로그램의 설치나 기술의 발전을 통해 그 기세가 꺾일 것이라는 포스너의 견해는 전적으로 동의하기 어려운 부분이 있다.

또 포스너가 표절을 사기의 일종으로 규정하면서도 '경범죄'에 해당하는 것으로 보는 것은 침해 당사자의 입장에 따라 반박당할 여지가 크다. 물론 포스너가 표절을 저작권 침해와 동일한 관점에서 접근할 것을 적극적으로 권유하고 있지는 않다. 그러나 표절의 당사자를 무조건 부도덕한 인간으로 매도하고 매장시키는 현 사회풍토가 지나치다고 이야기하고 있기 때문에 그는 표절을 저작권 침해의 관점으로 판단할 수 있다는 암시를 하고 있는 것 같다. 만약 그것이 포스너의 생각이라면, 과연 표절을 지적재산권 침해의 차원으로 해결하기 위한 사회적 합의가 이루어질 수 있을지 쉽게 예측할 수 없을 것이다. 그러나 이는 표절에 대한 중요한 해결방안 중의 하나인 것만은 분명하다.

비록 작은 지면이지만, 표절이라고 하는 결코 쉽지 않은 주제를 일목요연하게 정리해서 보여주고 있는 이 책은 최근 학계와 문화계에 크고 작은 표절 사건이 끊이지 않고 있는 우리에게는 이 문제에 대한 합리적이고 이성적인 논의와 사고에 도움을 줄 수 있을 것으로 기대한다.

2008년 12월

정해룡

목차

표절의 문화와
글쓰기의 윤리

PLAGIARISM

1

I

당시 나이 열일곱이던 카비야 비스와나탄[1]은 로열티 50만 달러에 리틀 브라운 출판사와 소설책 두 권에 대한 계약을

---

1) Kaavya Viswanathan. 1986년생의 인도계 미국인 하버드 대학생. 2006년 발표한 소설 『오팔 메타가 사는 법』(*How Opal Mehta Got Kissed, Got Wild and Got a Life*)이 발표되자마자 표절시비에 휘말렸다. 『하버드크림슨』(*Harvard Crimson*)이 비스와나탄이 메건 맥카퍼티(Megan McCafferty)의 소설을 표절하였다는 사실을 처음으로 지적한 이후, 다른 언론매체와 독자들 역시 그녀가 살만 루시디(Salman Rushdie), 소피 킨젤라(Sophie Kinsella), 멕 캐벗(Meg Cabot), 타누자 데사이 히디어(Tanuja Desai Hidier)의 소설을 부분적으로 표절했다고 폭로했다. 처음에 비스와나탄은 표절로 의심되는 부분은 선배 작가들의 작품을 탐독하는 과정에서 '내면화' 된 것으로서 순수하게 '무의식' 적인 것이라고 주장했지만 결국 나중에는 대중 앞에 사과해야만 했다.

체결했다. 비스와나탄은 다시 드림웍스(Dreamworks) 영화
사에 소설의 영화 제작권을 넘기면서 계약금은 비밀에 붙였
다. 비스와나탄은 열아홉이 된 2006년 4월 하버드 대학 2학
년생의 신분으로 첫 번째 소설 『오팔 메타가 사는 법』을 출
판하였다. 그러나 몇 주 후 하버드 대학 교내신문 『하버드크
림슨』은 이 소설이 유명작가인 메건 맥카퍼티[2]가 쓴 치크소
설[3]의 많은 구절을 거의 그대로 옮겼다는 사실을 폭로했는
데, 주류 언론들은 이를 앞 다투어 보도했다. 외주출판[4]이라
는 특이한 출판방식을 고려해볼 때, 여기에 관계된 출판사가
소설의 전체 개념과 줄거리를 잡는 데 일조했는지는 모르지
만, 비스와나탄과 직접적으로 공모했다는 증거는 없다.

　　『하버드크림슨』은 열세 개의 구절이 표절이라고 주장하
였는데, 다음은 비스와나탄의 소설의 일부이다.

---

2) Megan McCafferty. 10대 소녀를 포함한 젊은 여성독자를 겨냥한 장르인 '치크
문학(chick lit)'의 대표적인 미국 소설가.

3) chick-lit novel. 이 장르는 20, 30대의 독신 직장여성을 주인공으로 등장시켜
일과 사랑을 중심으로 그들의 독립적이고 거침없는 삶을 그려내는 소설. 'chick'
는 미국속어로 젊은 여성을, 'lit'는 문학의 준말이다.

4) book-packaging. 혹은 'book-producing'이라고도 한다. 출판사가 기획한 책
을 제작할 때, 제작과 관련된 일부 혹은 전체를 외부의 도움(즉, 작가, 편집, 디자
인 등등)을 받아 출판하는 방식을 말한다. 주로 특정 주제나 장르와 관련된 책을
출판할 때 이용한다.

프리실라는 나와 동갑이었고 두 블록 떨어져 살았다. 내 인생의 첫 15년은 이런 정도만으로도 친구가 될 수 있었다. 우리 둘은 영재아동을 위한 방과후 활동에서 주산에 빠져들었고 그것이 우리를 처음으로 묶어주는 계기가 되었다. 그러나 그것은 중학교 1학년이 되면서 프리실라가 안경을 벗어던지고 앞으로 수없이 이어질 남자친구 가운데 첫 번째 남자친구를 만나기 전까지의 일이었다.

Priscilla was my age and lived two blocks away. For the first fifteen years of my life, those were the only qualifications I needed in a best friend. We had first bonded over our mutual fascination with the abacus in a playgroup for gifted kids. But that was before freshman year, when Priscilla's glasses came off, and the first in a long string of boyfriends got on.

다음은 맥카퍼티의 소설이다.

브리짓은 나와 동갑이며 길 건너편에 산다. 내 인생의 첫

12년은 이런 정도만으로도 친구가 될 수 있었다. 그러나 그것은 브리짓이 치열교정기를 벗어던지고 첫 번째 남자친구 버크를 만나기 전이자, 7학년 우등반에서 호프와 내가 만나기 전까지의 일이었다.

Bridget is my age and lives across the street. For the first twelve years of my life, these qualifications were all I needed in a best friend. But that was before Bridget' s braces came off and her boyfriend Burke got on, before Hope and I met in our seventh-grade honors classes.

비스와나탄은 처음에는 모든 혐의를 부인했다. 하지만 나중에는 맥카퍼티의 소설을 '내면화했기' 때문에(그녀는 맥카퍼티의 소설을 읽은 적이 있다는 사실은 시인했다) 표절은 '무의식적인' 것이라고 주장했다. 그녀는 자신의 기억이 사진처럼 정확한 것이었을 뿐이지 표절을 위해 그런 것은 아니라고 변명했다. 리틀 브라운 출판사는 처음에 표절 혐의가 있는 몇 개 구절을 삭제하고 재출판하겠다고 말했다. 그러나 맥카퍼티 외에도 살만 루시디(Salman

Rushdie)와 같은 다른 작가들까지 표절한 혐의가 발견되자 해당 소설을 리콜하고 그녀와 맺었던 모든 계약을 파기했다.

비스와나탄은 표절을 하면서 무슨 생각을 했을까? 미국의 AP통신에 따르면, 비스와나탄은 "2004년 『고등교육지』(*Chronicle of Higher Education*)가 좋은 인상을 위해서라면 똑똑하다는 학생들까지도 대학 입학관계자에게 '지분거리는' 현실을 설명할 때 대표적인 사례로 거명되었다. 비스와나탄은 자기의 관심분야를 강조하기 위해 그들에게 지속적으로 전화를 걸고 매달 전자메일을 보낸 것으로 알려져 있다. 그런 다음 일류 대학 아홉 군데를 방문했다고 한다. 비스와나탄은 이 잡지에서 '나는 대학에 지원을 많이 하는 것이 일종의 전략이라고 생각'하며 '대학 입학관계자들이 나의 지원서를 읽을 때 아마 나를 기억하게 될 것'이라고 말했다." 분명히 하버드 대학은 그녀를 기억했다. 이러한 전략이 그녀를 성공시켰지만 결국 그녀가 몰락한 것도 바로 이 전략 때문이었다.

비스와나탄의 표절을 좀 더 온건하게 설명할 수도 있다. 오늘날과 같은 전문화의 시대에는—해럴드 블룸(Harold Bloom)이 『영향의 불안』(*The Anxiety of Influence*)에서 말했듯이, 아마도 어떤 시대라도—아무리 창조적인 사람이라도 언제나 자신이 늦었다는 의식 즉, 자신이 선배들 못지않게 창조적임에도 불구하고 너무 늦게 등장했다는 느낌을 갖지 않을 수 없다. 배는 이미 떠나버렸고, 내가 채워 넣을 틈새는 이미 선배들이 채워버렸다는 느낌을 갖는다는 것이다. 맥카퍼티가 '치크문학'의 과실을 조금도 남겨놓지 않고 모두 다 따버렸으니 이 얼마나 부당한가 하고 비스와나탄은 생각했을지도 모른다.

　신문 독자들은 표절이 하버드 대학의 전문 분야처럼 되어버렸다고 생각할 수도 있을 것이다. 왜냐하면 당시 2학년이었던 비스와나탄 외에도, 하버드 대학 이사회(Board of Overseers)의 일원이자 이 대학에서 10년 동안 시간강사를 역임한 경력이 있는 도리스 컨스 굿윈(Doris Kearns Goodwin)과 법학교수 세 사람—로렌스 트라이브(Laurence Tribe), 찰스 오글트리(Charles Ogletree), 앨란 더쇼위츠(Alan Dershowitz)—이 표절혐의로 고발당한 적이 있기 때문이다. 나중에 자세히 보게 되겠지만, 굿윈은 오해의 소지가 있는 애매한 고백을 하였으나 재빨리 불명예에서 벗어났다.(물론 일단 표절자로 낙인이 찍히면 '완전한' 명예회복은 불가능하다.) 트라이브도 표절을 인정했고 학장으로부터 가벼운 징계를 받았다. 오글트리의 경우 표절자는 연구조교였다. 그의 책은 '감수서(監修書, managed book)', 즉 (명목상의) 저자가 다른 사람의 글을 모아서 편집한 책으로 밝혀졌다. 오글트리가 어떤 징계를 받았는지 공개되지는 않았지만 이 일로 해고되지는 않았다. 전도유망한 시온주의자인 더쇼위츠는 반시온주의자들에 의해서 그가 1차 자료를 2차 자료의 참고문헌에서 발견했음에도 불구하고 출처표기 없이 1차 자료를 바로 인용했다고 고발당했다. 더쇼위츠는 혐의를 부인했고 그것으로 사건은 그만이었다.

사람들은 표절이 실제로 다른 어떤 곳보다도 하버드 대학에서 가장 보편화되어 있다고 생각한다. 사실은 그곳이 사람들의 주목을 가장 많이 받는 곳이기 때문에 그럴 뿐이다. 대표적인 미국대학에서 발생한 스캔들로 인해 거대 조직과 거물급 인사의 결점이 드러날 때 사람들은 본능적으로 쾌감을 느낀다.

비스와나탄 사건이 보여주듯이 표절은 저급한 조작행위이다. 해리포터 시리즈의 저자인 롤링(J. K, Rowling)을 저작권과 상표권 위반으로 고소한 낸시 스타우퍼(Nancy Stouffer)의 소송은 너무나 증거가 부족했다. 이 소송이 일부 위조 및 변조된 서류에 근거했음이 밝혀지면서 법원은 오히려 스타우퍼에게 5만 달러의 벌금을 부과했다. 스탠포드 대학의 강의조교가 쓴 표절 안내서의 일부를 오레곤 주립대학에서 표절한 사건에서 보듯이 표절은 때때로 희극적인 장면을 연출하기도 한다. 조나단 스위프트[5]나 로렌스 스턴[6]은 선배작가의 글을 표절하여 표절을 비난하였다.

이렇게 표절은 저명인사도 저지르는 위반행위이지만, 표절자를 밝혀내기란 그리 쉬운 일이 아니다. 사실 대부분의 경우, 표절은 학생들이 저지른다. 고등학생과 대학생 중 약 삼분의 일이 표절이나 이와 유사한 형태의 학문적 사기 즉, '논문공장(paper mill)'에서 논문을 구매하는 것으로 알려져 있다. 하지만 저명인사가 표절을 시인하거나 표절자로 판명되는 경우도 만만치 않다. 여기에는 스턴이나 스위프트, 사무엘 코울리지[7]와 같은 셀 수 없이 많은 문학가뿐만 아니라 마틴 루터 킹(Martin Luther King Jr.), 상원의원 조셉

---

5) Jonathan Swift(1667~1745). 아일랜드 태생의 영국 풍자작가. 『걸리버 여행기』(Gulliver's Travels)가 대표작이다.

6) Laurence Sterne(1713~1768). 난해하고 아이러니한 소설 『트리스트람 샌디』(Tristram Shandy)로 유명한 영국 소설가.

7) Samuel Taylor Coleridge(1772~1834). 윌리엄 워즈워스(William Wordsworth)와 함께 영국의 낭만주의 시운동을 연 위대한 시인이자 평론가.

바이든(Joseph Biden), 정치가 블라디미르 푸틴(Vladimir Putin)과 같은 저명인사도 포함된다. 소설가 블라디미르 나보코프(Vladimir Nabokov) 역시 표절로 고소되기도 했다. 물론 필자가 보기에 나보코프의 고소는 부당한 것이었다.

표절은 점점 더 많은 사람들의 이목을 끌고 있는데, 그 이유는 여러 가지가 있을 것이다. 표절이 더욱 일반화되어가고 있기 때문이기도 하고, 표절의 경계가 점점 모호해지며 논쟁을 유발하기 때문이기도 하다. 혹은 표절을 추적하기 더 쉽게 되었기 때문이기도 하다(디지털화가 심화된 현대에는 표절을 저지르기도 쉽고 찾기도 쉽게 되었다). 표절이 사람들의 관심을 끌게 된 원인이자 또한 이 책을 쓰게 만든 계기를 제공한 표절의 쟁점에는 다음과 같은 것들이 있다. 우선 표절이라는 개념의 애매성, 표절이 저작권 침해를 포함한 허락받지 않은 복제행위와 맺고 있는 관계, 다양한 표절의 변이형, 표절의 역사적·문화적 상대성, 표절의 규범적 의미에 대한 논쟁, 표절자들의 모호한 동기와 흥미로운 변명들, 표절의 추적 수단, 그리고 표절에 대한 처벌과 사면의 형태 등이다. 필자는 판사로서 그리고 지적 재산에 대한 법과 경제학 분야의 학자로서 활동하면서 얻은 경험을 바탕으로 하여 이러한 쟁점을 하나씩 분석해보고자 한다.

II

논의를 진행하기에 앞서 우리는 먼저 표절에 대한 개념을 확정할 필요가 있다. 그러나 '표절(plagiarism)'을 정의하기는 대단히 어렵다. 전형적인 사전적 정의는 표절이 '문학적 절도(literary theft)'라는 것이다. 그런데 이 정의는 첫째, 불완전하다. 필자가 비록 표절에 대한 논의를 작가를 중심으로 진행하려고 하지만, 표절은 단지 언어의 문제만이 아니라 음악, 회화, 아이디어의 문제이기도 하기 때문이다. 둘째, 이 정의는 부정확하다. 앞으로 살펴보겠지만 도둑질이 아닌 표절도 있기 때문이다. 셋째, 이 정의는 불명확하다. 한 사람이 다른 사람의 소유물을 빼앗아가는 것이 아니라 단지 복사하는 것이기 때문에 무엇을 '도둑질'로 간주할 수 있을지가 불명확하다. 우리가 어떤 책에서 어떤 구절을 훔친다 해도 저자나 독자가 그 책에서 그 부분을 읽을 수 없게 되는 것은 아니다. 표절은 차를 훔치는 것과 다르다. 따라서 허락을 얻지 않고 베끼는 행위를 '절도(theft)'나 '해적행위(piracy)'라는 말로 묘사하는 것은 오해의 소지가 있다. 그러나 표절 옹호론자들이 선호하는 '차용(borrowing)'이라는 단어도 잘못된 것이다(이러한 표절 옹호론자는 의외로 많다). 왜냐하면 '차용한다'는 것은 돌려주는 것을 전제로 하기 때문이다.

베끼는 것이 모두 표절은 아니다. 불법적 복제행위, 즉 저작권 침해조차도 모두 다 표절이 되지는 않는다. 물론 표절과 저작권 침해는 상당 부분 겹치는 부분이 있다. 그러나 표절이 모두 저작권 침해가 되는 것은 아니고 저작권 침해가 모두 표절이 되는 것도 아니다.

저작권에는 한정된 기간이 있다. 저작권이 만료가 되면 해당 작품은 공적인 것이 되며 누구나 법률적 책임 없이 그 사본을 가질 수 있다. 그리고 무엇보다도 모든 표현물이 저작권 보호를 받는 것도 아니다. 예를 들면 미국은 연방정부가 만든 문서에 대해서 저작권을 주장할 수 없도록 법규로

금지하고 있다. 메건 맥카퍼티의 저작권이 만료되었다면 비스와나탄은 저작권 침해로 유죄판결을 받지 않았겠지만 그래도 베낀 사실을 숨겼으므로 표절은 표절이다.

저작권법은 아이디어(넓은 의미로, 동일한 표현이나 표현상의 세부항목 외에도 장르, 기본 서사구조, 주제, 메시지와 같은 예술적 표현물의 여러 가지 특징)나 사실(fact)의 복제를 금지하지 않는다. 단지 그 아이디어나 사실이 표현되는 '형식(form)'만이 보호된다. 이것이 바로 『다빈치 코드』(*The Da Vinci Code*)의 저자 댄 브라운(Dan Brown)이 예수 그리스도가 막달라 마리아와 결혼해서 아이를 낳았다는 아이디어를 다른 작가들의 작품에서 도용했다고 고소당하고서도 승소했던 이유다.

그러나 아이디어와 표현 간의 구분이 그리 명확한 것은 아니다. 패러프레이즈(paraphrase)는 어디까지가 위반인가?(이 또한 표절과 관계된 문제이다.) 어떤 소설의 큰 플롯이나 상투적인 인물 혹은 역사가가 기술한 역사적 사실을 그대로 가져다 쓰는 것은 저작권 침해가 아니다. 그러나 브라운을 고소한 작가들의 주장처럼, 플롯과 인물의 세부적인 요소까지 베꼈다면 저작권 침해이다. 그러나 명백히 큰 플롯만이 유사하고, 인물도 상투적이며, 역사적 사실은 이미 잘 알려진 것이고, 작품의 구성이 익숙하며 그 흐름이 불가피하다면(예를 들어 연대기적으로 배열되는 역사적 서술), 또 목표하는 독자층 사이에서는 이미 낯익은 과학적 아이디어나 추상적 아이디어를 담고 있다면, 저작권 침해가 아니다.

또한 공동저자 가운데 한 사람이 저작권이 있는 그들 공동의 저작을 다른 저자와 협의 없이 재발간하는 것은 저작권 침해가 아니다. 물론 이 경우 발생하는 저작권료는 공평하게 나누어야 한다. 또한 저작권료를 분배하는 의무만 지킨다면 공동저자 중의 한 사람이 다른 저자의 허락 없이도 해당 서적을 향후 출판할 자신의 저작에 이용할 수 있다. 그러나 이 경우에도 해당 부분의 원저자를 밝히지 않고 저서에 삽입하는 것은 표절에 해당한다.

이와 마찬가지로 저작권이 없는 작품의 일부(저작권의 보호를 받는 작품이냐 아니냐는 상관없다)를 무단전재하여 독자들로 하여금 그것이 표절자의 창안이나 발견으로 생각할 수 있는 여지를 준다면 그것은 표절이 될 수 있다. 이러한 종류의 표절은 상당히 미묘한 형식을 띤 경우가 많다. 예를 들면 역사가 자신이 직접 발굴하거나 읽어보지 않은 일차자료를 인용하는 경우 즉, 이차자료 속에 인용된 일차자료를 재인용하면서도 그런 사실을 밝히지 않는 경우이다. 이 경우는 이차자료의 저자가 발견한 내용을 전유하는 셈이 된다. 이것이 더쇼위츠 교수가 저질렀다고 고발당한 표절 사례이다. 그런데 이는 아주 일반적인 관례(벤 존슨[8]의 경우에서 보듯 아주 옛날부터 있어온 관례)이다. 이는 특히 법학 학회지 논문에서 심한데, 그 이유는 법학 교수들이 인용은 무척 좋아하면서도 독창성은 그다지 중요하게 생각하지 않기 때문이다. 이런 유형의 표절이 관행이 된 이유는 그 표절의 결과를 사람들이 심각하게 받아들이지도 않고 따라서 사람들의 분노를 불러일으키지도 않기 때문이다(더쇼위츠 교수를 고소한 사람들은 다른 속셈이 있었다). 또한 이런 종류의 표절은 추적하기가 사실상 거의 불가능하다. 왜냐하면 일차자료가 지나치게 모호하여 이해하기 힘든 것이 아니라면, 혹은 일차자료를 잘못 인용한 이차자료를 그대로 표절한 경우가 아니라면 추적은 거의 불가능하다. 그런데 이런 종류의 표절은 진정한 의미의 표절인가? 아니면 표절이라는 개념의 모호함의 표본적 사례인가? 이런 표절은 단순히 베끼기의 문제가 아니라 일차자료를 찾아내는 힘들고 단조로

---

8) Ben Jonson(1572~1637). 17세기 영국 극작가.

운 작업(이것은 단조로운 작업 그 이상일 경우가 많다)을 자신이 직접 한 것처럼 속이는 일 아닌가.

어떤 평자는 비스와나탄의 사건을 논평하는 가운데, 저자의 허락 없이 저작권이 있는 저작에서 글자 그대로 베끼는 것을 허용하는 '정당한 이용(fair use)'에 관한 규정이 저작권법에는 있기 때문에 비스와나탄의 표절과 같은 표절은 때론 저작권을 침해한 것이 아닐 수도 있다고 주장한다. 실제로, '정당한 이용'에 관한 규정은 저작권을 소유한 사람의 허락 없이도 저작권이 있는 저작에서 짧은 구절을 인용하는 것을 허용하고 있다. 법이 제한적인 복제를 허용하는 이유는 해당 저자가 지극히 적은 액수의 저작권료를 받지 못하는 것을 제외하고는 큰 손해를 입지 않는다는 사실에 근거한다. 이 경우 저자가 복제자로부터 받을 수 있는 저작권료가 저작권 협상을 위한 우표값이나 시간상의 비용보다 훨씬 더 적기 때문이다.

그러나 정당한 이용을 할 경우에도 표절을 피하려면 인용부호를 사용하고 출처를 밝혀야 한다. 베낀 부분을 마치 자신이 직접 쓴 것인 양 은근슬쩍 넘어가고서 이를 '정당한 이용'이라고 주장하는 사람에게는 동의할 수 없다. '정당한 이용'의 권리는 저작권법의 예외 조항일 뿐이다. 저작권이 있는 저작의 무단전재를 금하는 것이 저작권의 취지이기 때문에 이 예외 조항이 표절의 피신처가 될 수는 없지 않은가? 표절은 정당한 행위가 아니다. 만일 표절에도 이러한 예외가 적용된다면 혹자는 여러 작가의 여러 저작에서 몇 구절을 조금씩 가져와 재조합하여 한 권의 책을 저술할 수도 있을 것이다. 하지만 실제로 이는 표절인 동시에 저작권 침해에 해당한다.

법은 저작권 침해자가 아무리 복제의 출처를 충분히 밝힌다 해도 복제를 인정해주지 않는다. 출처를 밝혔다면 표절은 아니기 때문에 복제자를 표절자로 불러서는 안 된다. 그런데도 판사들은 가끔 저작권 침해자를 '표절자'라고 부른다. 이는 저작권이 강화되면서 모든 복제 행위를 불법적인 것으로 간주하게 된 정황을 잘 말해주는 것이기는 하지만, 표절의 개념을 이렇게 애매하게 사용하면 표절에 대한 명확한 구별이 어려워진다.

표절의 핵심은 숨긴다는 것이다. 그러나 이 역시 신중하게 정의할 필요가 있다. 표절은 단지 베낀 사실을 인정하지 않는 것만이 아니기 때문이다. 목표하는 독자층 사이에는 이미 잘 알려져 있는 사실인 경우 출처 표기를 하지 않을 수 있다. 패러디(parody)는 패러디하는 작품을 폭넓게 인용하고 그 작품 고유의 스타일과 주제를 베끼는 것이지만 대부분 그 작품이 어떤 작품인지 밝히지 않는다. 그러나 패러디 작가는 자기 작품의 여러 곳에 수없이 많은 분명한 단서를 심어놓기 때문에 독자는 베낀 것을 잘 인지하게 된다. 만약 그렇지 않다면 패러디는 패러디로 인식되지 못하고 패러디 작가의 의도는 실패할 것이다. 물론 패러디가 아닌 작품도 앞서 나온 작품을 인유하는 경우가 있다. 인유는 인용부호 없이 다른 작품을 글자 그대로 인용하는 형식을 취하지만 표절이 아니다. 왜냐하면 독자는 그것이 인유라는 것을 잘 알기 때문이다.

암묵적으로든 명시적으로든 원저자를 전혀 표기하지 않아도 독자가 아무런 문제도 삼지 않는 경우도 있다. 이 경우 독자는 속을 수도 있지만, 속았다는 것 그 자체가 아무런 문제가 되지 않는다. 대표적 예가 바로 교재(textbook)이다. 교재는 그것이 다루는 개념을 상세히 설명하는 가운데 그 출처가 어디인지 명시하지 않는다. 그 이유는 교재가 독창성을 목표하는 것이 아니라 오히려 그 반대이기 때문이다. 정말 좋은 교재는 해당분야의 전문가에 의해 이미 검증된 개념만을 다룬다. 대다수 학생들은 그들이 공부하는 개념의 기원에 대해서는 관심이 거의 없다. 따라서 출처를 자꾸 언급하다 보면 오히려 설명에 방해가 될 수 있다. 게다가 교재에서 다루는 개념의 창안자들은 학생들이 아니라 동료 학자들에게 인정받기를 원한다. 예컨대 물리를 배우는 고등학생이 교과서의 저자가 바로 상대성 이론을 발견한 사람이라고 생각한다 하더라도 아인슈타인은 그다지 화를 내지 않았을 것이다. 주의할 점은, 이렇게 교재를 만드는 저자가 개념을 허락 없이 사용해도 표절로 보지는 않지만 그 개념을 설명한 특정한 문구를 허락 없이 베껴오는 것은 표절이 된다.

표절을 판단하는 구성요건에는 독자층을 오도했다는 의미에서 속였는가 하는 요소 외에도 독자의 '신뢰(reliance)'를 유도했는가 하는 요소가 있다. 신뢰를 유도했다는 말은 독자가 표절 작품을 원전으로 생각했기 때문에 어떤 행동, 즉 진실을 알았다면 하지 않았을 행위를 하게 되었다는 것을 의미한다.(법률학자들은 이를 '소극적 신뢰(detrimental reliance)' 즉, 허위사실 때문에 손실이 발생하는 신뢰라고 한다.) 예를 들어 어떤 책이 다른 책의 상당부분을 짜깁기했다는 사실을 독자가 미리 알았더라면 그 독자는 다른 책을 샀을 수도 있을 것이다. 혹은 교수의 경우, 표절을 한 어떤 학생의 과제물이 독창적이라고 생각하고(상대평가를 통해) 그 학생에게 좋은 점수를 줌으로써 다른 학생들에 대한 평가를 잘못하게 될 수도 있을 것이다.

저자의 정체성에 대한 속임(deceit)이 사기(fraud)와 표절의 수준에서까지 이루어지고 있는지에 대해 '주의(care)'를 기울여야 한다. 더 정확히 말해, 만약 사기나 표절의 사실을 알았더라면 다르게 행동했을 정도까지 주의를 기울여야만 한다. 신뢰의 문제를 크게 야기하지 않기 때문에 해를 거의 혹은 전혀 끼치지 않은 지적 속임수는 무수히 많다. 게다가 그 정도가 너무 미미하기 때문에 도덕적인 분노도 일어나지 않고 따라서 표절의 딱지도 붙지 않는 것이다. 예컨대 비법조인들은 판결문을 판사가 직접 쓴다고 생각할 것이다. 하지만 아직도 그런 판사는 극소수에 불과하다. 대부분의 판사는 법원 서기가 작성한 초안을 일정한 범위 내에서 편집한다. 물론 때로는 그 편집범위가 전면적이어서 판사가 단독저자까지는 아니라도 공동저자 혹은 주요 공동저자(principal coauthor)에 해당하는 경우도 있다. 판사와 서기는 때로 변호사의 소장(brief)에서 몇 구절을 허락 없이 발췌하여 그대로 전재한다. 판사가 서명한 명령(order), 사실 문제에 대한 심사(findings of fact) 혹은 서류의 상당수는 소송당사자의 변호사가 작성한 내용을 그대로 이용한 것이다. 그래도 판사는 자신의 명령문이나 판결문에 단독 저자인 것처럼 서명한다. 그리고 다른 판사의 판결문을 참조할 때도 담당 판사가 그 판결문을 직접 쓴 것처럼 언급한다. 판사는 사람들이 판결문을 자신이 직접 쓴 것으로 믿어주기를 원한다. 이것은 사기의 한 가지이다. 하지만 사법부가 서기를 유령작가로 인정하는 경우는 눈 씻고 찾아보기 힘들다.

그럼에도 불구하고 서기가 쓴 원고를 판사의 이름으로 내는 것은 표절이 아니다. 판사가 판결문을 직접 쓴다고 믿는 사람들이 설령 진실을 알게 된다 해서 다른 행동을(소송을 피한다거나 법관지명에 반대하고 판사의 유임에 반대의 결권을 행사하는 따위와 같은) 취할 사람은 거의 없다. 게다가 판결문을 읽는 사람은 주로 법에 무지한 일반인이 아니라 판결문을 통상 서기가 작성한다는 사실을 잘 알고 있는 법률전문가이다. 또한 판사는 판결문에 대한 저작권을 갖지 않기 때문에 로열티도 없다. 따라서 판사의 경우 비스와나탄의 사건에서 보는 것과 같은 금전적인 동기가 없다.

법은 판결문의 독창성을 중요하게 생각하지 않는다. 독창성은 법의 토대를 불안하게 할 수 있다는 근거로 비판받기도 한다. 판사는 자신이 얼마나 많은 사건을 기각했는지 또 얼마나 많은 법률적 원칙(doctrine)을 파기하고 얼마나 많은 새로운 원칙을 만들어냈는지를 결코 자랑하지 않는다.

판사는 자신이 입법자가 아니라 법을 적용하는 사람으로서 독창적인 법관이 아니라 건전한 법관으로 간주되기를 원한다. 판사는 자신이 법의 주인이 아니라 법의 노예일 뿐, 결코 입법자들과 경쟁의 관계에 있지 않다는 것을 보여주는 것이 현명한 처신이라고 생각한다.

법학 교수들도 자신의 아이디어의 출처를 밝히는 데 철저하지 못한데, 이는 그들 역시 독창성을 중시하지 않기 때문이다. 물론 법학 교수의 경우는 지적 모험이 판사와 같이 비난받는 것은 아니기 때문에 이러한 추세가 달라지고 있기는 하다. 이러한 변화는 자신의 정체성을 판사나 변호사보다는 독창성을 높이 평가하는 학계에 더 가깝다고 생각하는 법학 교수가 점점 늘어나고 있는 추세와도 관계있다. 그러나 이런 변화가 완전히 이루어진 것은 아니다. 아직도 많은 법학 교수가 논문이나 교재를 쓸 때 제자인 연구조교가 작성한 초고를 출처 표기 없이 이용하고 있다. 그러나 판사가 서기의 글을 자신의 이름으로 내는 것과 교수를 단순 비교할 수는 없다. 서기는 판사를 위해 판사의 이름으로 글을 쓸 것을 분명히 확인하고 고용된 사람이다. 그러나 이러한 분명한 확인이 교수와 제자인 연구조교 사이에는 없다. 연구조교가 수행하는 연구는 분명히 교수의 연구에 속하지만 그들의 글까지 교수의 것은 아니다.

나는 다른 사람이 쓴 글을 취합해서 교재를 만드는 관행은 주로 법학 교수들이 잘하는 것으로 생각하고 있었다. 그러다 최근 우연히 『뉴욕타임즈』에 실린 다이아나 스키모(Diana Schemo)의 기사를 읽게 되었다. 이 기사에서 인용된 어느 역사학자의 말을 빌리자면, "초중고교에서 사용하는 교재는 일반적으로 출판사 차원에서 기획한 공동제작물이며 출판사는 원저자의 최종 승인 없이도 추가로 저자·연구자·편집자를 고용하고 핵심 내용을 수정할 수 있는 폭넓은 권한을 가지고 있다." 많은 교재가 이미 오래전에 사망한 저자의 이름으로 출판되기도 한다. 이 경우 해당 교재는 수많은 익명의 자유기고가와 출판사 소속의 필자 및 편집자의 손을 거치기 때문에 원저자의 기여도는 미미하다. 일부 교재는 완전히 대필로 이루어지고 원저자의 이름은 순전히 상업적 수단으로 이용되기도 한다.

명목상으로는 유명 정치인이나 저명인사가 저자이지만 실제로는 대필작가가 쓰는 책의 경우는 교재보다는 판결문의 상황과 유사하다.(최근 유행하는 저명인사들의 블로그는 대필의 대표적 사례일 것이다.) 그러나 피해자는 없다. 대필작가는 보수를 받는다. 또 대중은 독창성을 기대하지 않기 때문에 기만당할 일도 없다. 그러나 최근에는 대필작가의 신분을 밝히는 경향이 일반화되고 있기 때문에, 대필작가를 밝히지 않을 경우 글을 유명인사가 직접 썼다는 인상을 줄 우려가 있다. 대필작가의 존재를 밝히지 않기로 계약을 하고 출판한 힐러리 클린턴의 저서 『집 밖에서 더 잘 크는 아이들』(*It takes a village*)이 바로 그 예이다. 물론 대중이 이런 걸 문제 삼을 것 같지는 않다.

판사든 정치가나 유명인사든 모두 그들이 대필작가를 고용했다는 점에서는 속임수이지만 그들의 속임수는 합리화할 수 있는 여지가 있다. 공인(公人)에게 중요한 것은 자신이 직접 썼느냐가 아니라 내용에 대한 약속이다.(이 경우 '대중은 진정으로 속는 것이 아니다' 라는 말이다.) 판사는 '자신의' 판결문에 서명을 하고, 정치가는 '자신의' 저서의 저자가 자신임을 확인함으로써—심지어 유명하다는 이유만으로 사회적인 이슈에 대해 중요한 의견을 갖고 있을 것으로 믿어지는 영화배우조차—글의 내용에 책임이 있다는 사실을 확인해준다.(물론 이미 고인이 된 인물이 교재의 저자로 나오는 경우는 그렇지 않다.) 유명인사가 자신을 저자로 내세우는 행위는 상품에 배서(背書, endorsement)를 하는 것과 같다. 이와 유사하게 미국 연방정부의 법무차관은 연방정부가 대법원에 제출하는 소장에 자신이 직접 작성한 것이 아님에도 서명을 한다. 이는 그가 자신이 저자라고 주장하는 것이 아니라 단지 그가 소장을 승인했음을 확인하는 행위이다. 아주 드물지만, 문서에 서명하지 않을 수도 있다. 이 경우는, 정부의 법적 입장에 대해 내부적으로 의견 불일치가 있다는 강력한 의사표시를 하는 셈이 된다.

렘브란트[9]가 조수의 그림에 자신의 이름을 사인했다면 이 역시 비슷한 취지의 행동으로 볼 수 있을 것이다. 조수가 그린 그림의 질이 자신의 그림과 같다는 것을 확인해주고 있는 것이다. 렘브란트가 다른 화가의 그림에 단지 서명만 했을 뿐인 것으로 밝혀진 그림이 자꾸 발견됨에 따라, 렘브란트의 전체 작품 수도 코울리지의 작품과 마찬가지로 점점 줄어들고 있다. 그러나 렘브란트를 '표절자'로 부르기는 곤란하다. 서명을 해준 화가들보다 실제로 그가 훨씬 뛰어난 화가이기 때문이다. 굳이 현대적인 기준을 적용한다면, 렘브란트가 한 행위는 사기이다. 서명을 통해 가짜를 진짜처럼 위장함으로써 작품의 가치를 높였기 때문이다. 표절은 표절자를 실제보다 더 좋게 보이게 만드는 위반행위이다.

---

9) Rembrandt van Rijn(1606~1669). 17세기 네덜란드 화가.

그러나 렘브란트는 '표절된' 작품을 '실제' 보다 더 높이 평가받을 수 있게, 최소한 더 좋은 것으로 생각하도록 만들었다.(렘브란트의 많은 위작들은 진짜 렘브란트의 작품이 아니라고 판정되는 순간 그 가치가 급락했지만, 작품성은 대단히 뛰어나다.) 이것은 저급한 상품에 유명상표를 붙이는 것과 같다. 다시 말해, 이는 상표권 침해의 대표적인 경우에 해당한다.

저자의 문제에 관한 또 다른 재미있는 사례는 연구원들이 쓴 논문에 연구소 소장이 자신을 공동저자로 올리는 경우이다. 저명한 과학자 리처드 르원틴(Richard C. Lewontin)은 이를 다음과 같이 비판한다. "연구소장은 자신이 연구 프로젝트의 정신적 · 육체적 작업에 얼마만큼 참여하느냐와 상관없이 프로젝트의 지적재산권을 독점한다. 이는 영주의 땅에서 농민이나 농노가 생산한 작물에 대해 영주가 가지는 독점적인 재산권과 같은 꼴이다." 이것은 화가 루벤스[10]의 작업장의 현대판이라고 말할 수 있을 것이다.(6장 참조)

---

10) Peter Paul Rubens(1577~1640). 플랑드르(Flanders) 출신 바로크 미술의 대가. 우화적이고 역사적이며 종교적인 수많은 작품을 남겼다. 루벤스와 표절의 문제는 6장에서 자세히 다루고 있다.

필자가 지금까지의 논의에서 사용한 '저자'라는 단어는 '인준자(認准者)'로 대치할 수 있을 것 같다. 여기서 인준이란 『킹 제임스 성서』(*King James Version of the Bible*)를 영국 국교회(the Church of England)가 '인준한 판본'이라고 부르는 것과 동일한 맥락이다. 제임스 1세는 킹 제임스 성서를 쓰지 않았다. 법무차관이 소장에 서명을 했다고 해서 그가 저자라고 주장하는 것이 아니듯이 우리는 미셸 푸코(Michel Foucault)와 롤랑 바르트(Roland Barthes)가 주장한 것처럼 '작가(writer)'와 '저자(author)'는 다른 말이며, 어떤 책을 직접 쓴 작가가 아니라도 그 책의 저자는 될 수 있다는 사실을 받아들여야 할 것 같다. 모세는 『모세 오경(五經)』을 쓰지 않았고(오경 중 하나는 모세의 죽음과 매장을 다루고 있다.) 다윗 왕은 「시편」을 쓰지 않았으며, 성 마태도 「마태복음」을 쓰지 않았다. 고대에는 실제 작품을 쓴 작가가 아니라 작품과 동일시할 수 있는 권위를 부여할 수 있는 인물이 저자가 되는 것이 일상적 관례였다. 이 또한 유명 인사가 배서하는 것과 같다. 물론 모세(실제 인물이라기보다는 가공의 인물일 가능성이 높다)나 다윗 왕, 성 마태와 같이 저명인사가 해당 작품을 아예 알지 못하는 경우에는 배서의 효력이 발생하지 않는다(혹은 발생해서는 안 된다).

따라서 오마르 브래들리(Omar Bradley) 장군의 자서전도 거의 대부분이 브래들리 사후 대필작가가 쓴 것이기 때문에 배서의 효력이 없다. 그러나 많은 독자들은 이들 책의 명목 상의 저자가 그 책과 아무 관계가 없거나(브래들리의 경우처럼) 실질적으로 아무 상관이 없다는 황당한 사실을 잘 모르고 있다.

비스와나탄 사건과 부분적인 관계가 있는 '외주출판'의 방식을 다시 생각해보자. 제나 글래처(Jenna Glatzer)의 설명처럼,

『낸시 드류』(*Nancy Drew*), 『높고 달콤한 계곡』(*Sweet Valley High*), 『소름』(*Goosebumps*) 과 다수의 '문외한을 위한 가이드(Complete Idiot's Guide)'와 '바보들을 위한(For Dummies)' 시리즈는 외주출판된 작품들이다. …… 에드워드 스트레트메이어(Edward Stratemeyer)는 이 분야의 아버지로 일컬어진다. 그는 스트레트메이어 신디케이트(Stratemeyer Syndicate)라는 출판사를 설립하여 자신의 아이디어로 책을 출판했다. 이 출판사는 「봅세이 트윈즈」(*Bobbsey Twins*), 「하디 보이즈」(*The Hardy Boys*), 『낸시 드류』와 같은 고전적인 시리즈를 출

판했다. 일정한 수수료를 받고 고용된 대필작가들은 스트레트메이어가 제시한 전체 줄거리에 따라 작업했는데, 그렇게 생산된 책은 몇 개의 필명으로 출판되었다. 그는 오늘날의 외주출판업자들이 아직도 고수하고 있는 출판원칙을 확립했다. 작가들은 출판원칙에 따라 그들이 쓴 책에 대해 어떤 말도 해서는 안 된다는 것이다. 그는 시리즈로 나온 책들이 단일 저자가 썼다는 환상을 심어주고 싶어 했기 때문에 대필작가들의 이름을 밝히지 않았던 것이다. 대필작가가 책을 썼다고 말하는 것은 아이들에게 산타클로스가 없다고 말하는 것과 같아서 그가 만들어놓은 환상을 손상시킬 것이기 때문이었다.

하지만 외주출판업자가 각 시리즈에 합당한 일관성을 유지하여 시리즈의 첫 권을 읽은 독자가 그 다음 권을 읽을 때 무언가 불편한 느낌만 갖지 않는다면 '외주출판'에 심각한 속임수는 없다. 단일한 저자로 보여주는 것은 일종의 상표명과 같다. 그것은 한 사람만의 원저자를 말하는 것이 아니라 일관된 질을 보증하는 표시와 같다. 코카콜라는 서로 다른 지역의 다양한 공장에서 생산되지만 코카콜라라는 상표는 제품이 모두 동일한 코카콜라라는 것을 보증한다.

신뢰와 여기서 파생하는 사기, 그리고 표절은 기대 (expectation)의 문제이다. 유럽에서 조교가 쓴 책과 논문을 교수가 자신의 이름으로 출판하는 것은 상식적인 관례이다. 이런 사실을 학계가 잘 알고 있기 때문에 이것은 사기가 아니다. 그러나 미국에서는 이것이 관례가 아니다. 따라서 시카고 대학의 역사학 교수 줄리어스 커쉬너(Julius Kirshner)는 대학원생이 쓴 서평을 자신의 이름으로 출판한 사실이 드러나면서 표절로 비난받았다. 그는 5년간 대학원 수업만을 금지당하는 이상한 문책을 받았다.(학부생들은 분노하지 않을 수 없었다!) 신문 『시카고 트리뷴』(*Chicago Tribune*)에 따르면 커쉬너는 자신이 받은 처벌에 대하여, "나는 잘못이 없다고 생각한다. 학문적 사기로 판명된 것은 아니기 때문이다. 나는 여전히 강의를 하고 있지 않은가"라고 묘한 말을 했다.

우리는 커쉬너가 제자의 글을 전용함으로써 야기한 피해를 분명히 정리할 필요가 있다. 직접적으로 해를 입은 쪽은 학생이다. 그 학생은 자신이 저자라는 사실을 인정받았다면 그것이 경력이 되어 촉망받는 학자가 되었을 수도 있다. 아마도 학생은 이런 이유로 커쉬너를 고발했던 것 같다. 물론 이 학생이 쓴 서평을 학술지가 받아주지 않았을 수도 있다.

하지만 이 문제도 커쉬너가 학생을 공동저자로 넣어주었더라면 극복될 수 있었을 것이다. 그러나 독자들의 입장에서 보면, 독자들은 학생이 그 서평을 썼다는 사실을 알았더라면 문제의 학술지에 권위를 부여하는 행위를 하지 않았을 수도 있다. 그렇다면 독자도 피해를 입은 셈이 된다. 이 문제는 커쉬너의 이름을 공동저자로 허위기재한다 해도 해결될 수 없었을 것이다.

아무리 사소하더라도, 커쉬너와 라이벌 관계에 있는 학자들도 피해를 입었을 수 있다. 커쉬너가 표절된 서평을 발표함으로써 그들보다 업적이 좀 더 많아졌다면 말이다. 그러나 표절 때문에 경쟁자들이 큰 피해를 입는 경우도 있을 것이다. 표절을 통해 한 사람이 경쟁자보다 상대적 우위를 점하게 됨으로써 상대보다 더 많은 책을 판매하고 명성을 쌓는다면 말이다.

커쉬너의 사례가 법학계에서는 흔한 일이고 법학논문에만 한정되는 것이 아니라는 이야기가 있다. 이 말은 독창성을 별로 존중하지 않는 법학분야의 풍토와 맞아 떨어지는 것 같다.

지금까지 논의한 내용만을 바탕으로 한다면 표절은 저작권 침해(copyright infringement)와 분명히 구별되는 '사기성 복제(fraudulent copying)'로 정의할 수 있을 것 같다. 그러나 이런 정의도 올바르지 않다. 예컨대 합의에 의한 복제의 경우, 그것이 사기일 수는 있지만 표절로 보기가 애매한 경우도 있기 때문이다. 학생이 리포트 공장(paper mill)에서 기말 리포트를 구매하는 행위는 학문적 사기(academic fraud)에 해당한다. 만약 온라인 서비스를 통해 리포트를 구매했다면(오늘날은 온라인 구매가 일반적이다) 학생은 문자 그대로 리포트를 '베꼈다.' 그러나 이 베낀 행위가 리포트의 원저자에게 피해를 주지는 않기 때문에 이 경우에 '표절'을 적용하는 것은 옳지 않다. 따라서 우리는 표절을 '비합의적 사기성 복제(nonconsensual fraudulent copying)'로 제한하여 사용하는 것이 좋을 것 같다. 물론 '표절'이 모든 지적 사기를 포괄하는 개념이 아니라는 사실도 강조할 필요가 있을 것이다.

사기는 불법행위(tort)―소송을 통해 손해배상이나 법적 구제수단을 받을 수 있는 민사상의 권리침해―이며 범죄가 되기도 한다. 표절은 그것만으로는 불법행위도 범죄도 아니다. 그러나 '그것만으로는' 이라는 말 속에 포함된 제한요건이 중요한 의미를 가지고 있다. 비록 '표절' 이라는 명칭에는 불법행위가 없지만, 표절이 저작권을 침해하거나 저자와 출판사 사이의 계약을 위반할 경우 소송의 근거가 될 수 있다. 저자와 출판사 간의 계약은 저자에게 독창성을 보증할 것을 요구한다. 그래서 리틀 브라운사는 비스와나탄의 표절을 계약위반으로 간주하고 계약을 파기했다. 일반적인 처벌로는 학생이나 교수의 경우 제명이나 다른 공식적인 제재가 있다. 비록 사회의 사법적 절차와는 상관없이 그것의 밖에서 일어나는 일이라 해도, 이러한 제재는 궁극적으로 학생과 교수가 학교에 대해 가지는 의무 즉, 표절을 저지르지 말아야 하는 암묵적인 의무를 위반했기 때문에 가해진다. 언론인이 저지른 표절에 대해 가해지는 가장 일반적인 처벌은 해고이다.

표절은 민사소송에서 사기로 공격받을 수 있는데, 이는 표절이 허위광고가 저지르는 불법행위와 유사한 면이 있기 때문이다. 표절행위가 경쟁 출판사의 판매량에 변화를 준 경우 더욱 그러하다. 그러나 이러한 소송이 벌어진 사례가 있는지는 잘 모르겠다. 게다가 유럽이 고수하고 있는 '도덕권(moral rights)' 원칙은 현재 미국에서도(주로 시각예술과 관련해서) 그 법적 발판이 마련되고 있는 중이다. 이 원칙은 작가와 예술가에게 그의 원작을 인정받을 자격을 주는 것이다. '귀속권(attribution right)'이라고 하는 이 권리는 원작자에게 표절에 대항하여 법적 권리를 주장할 수 있는 권리를 부여한다.(원본을 훼손하며 꼴사납게 바꿔 쓰는 행위 역시 '도덕권' —작품의 완전성을 존중해줄 것을 요구할 수 있는 예술가의 권리—을 위반하는 또 다른 사례이다.) 금전적으로 직접적 이득이 발생하지 않을 경우에도 귀속권은 지적인 작업을 하는 예술가에게 중요한 의미를 갖는다. 비영리적 목적에 대한 '창조적 공유(Creative Commons)'의 권한을 허락하는 저자 역시 사용자가 저작권을 가진 자의 권리를 인정한다는 전제 하에서 그것을 인가한다.

학교 밖에서 일어나는 표절에 대해 지금까지 일반 사회가 가한 처벌은 법과는 무관한 것이었다. 사회적 규범을 위반한 표절자에게는 그들이 법적인 규범을 위반했느냐의 여부와 상관없이 여론을 통해 불명예, 모욕, 추방 혹은 여러 가지 수치스러운 처벌 등이 가해졌다. 한 가지 놀라운 사례는 상원의원 조셉 바이든이 1988년 민주당 대선 후보 지명전 연설문에 영국 노동당 당수인 닐 키노크(Neil Kinnock)의 선거 연설문 첫 문단을 그대로 가져와 이용한 사건이었다. 바이든은 이 사건으로 몰락하고 말았다. 바이든의 연설에 대한 대중의 반응은 의외로 보일 수도 있다. 재담 전문 코미디언이 모든 재담을 직접 쓴다고 가정하지 않는 것처럼 정치가가 연설문을 직접 쓴다고 아무도 가정하지 않기 때문이다. 물론 대필작가는 표절자(명목상의 저자를 이렇게 부른다면)의 희생양이 아니라 협력자이다. 그러나 키노크는 바이든의 공동저술자도 아니고 베끼기에 공모한 것도 아니다. 물론 키노크는 바이든과 경쟁하는 정치가가 아니기 때문에 표절로 어떤 해를 입은 것은 아니다. 오히려 키노크의 연설도 다른 작가가 대신 써주었다는 사실을 모두가 알게 되었음에도 불구하고 키노크에게는 미국의 정치가가 자신의 연설을 베낄 정도로 좋은 웅변이었다는 찬사가 돌아갔고 모방은 가장 진지한 형태의 아첨이라는 속담의 좋은 예가 되었다.

그러나 바이든이 저지른 표절은 엄청난 반발에 부딪혔다. 그것은 바이든이 표절한 구절을 연설 도중에 갑자기 생각이 난 것처럼 말했기 때문이며, 또한 키노크의 연설에서 가져온 그 부분이 키노크의 자전적인 부분이기 때문에 단지 말만 빌려온 것이 아니라 키노크의 삶 전체를 도용한 셈이었기 때문이다. 그리고 표절에 대한 맹렬한 비난이 급속하게 바이든에게 집중되었기 때문이기도 했다.

바이든이 키노크를 표절한 지 거의 20년이 지난 오늘날 이 사건은 대부분 잊혀졌다. 그러나 바이든이 표절자라는 사실은 망각되지 않았다. 표절의 오점은 결코 완전히 사라지는 법이 없다. 표절이 가공할 범죄라서가 아니라 난처하게도 삼류급 반칙이기 때문이다. 그래서 표절자는 서글픈 웃음거리가 되고 마는 것이다.

다른 표절 정치가로는 푸틴(Putin)이 있다. 푸틴의 표절은 바이덴과는 달리 매우 흔한 종류로서, 마틴 루터 킹(Martin Luther King Jr.) 목사와 마찬가지로 여러 가지 자료를 표절하여 학위논문을 쓴 경우였다.

표절을 범죄 혹은 불법행위로만 '보아야 하는가?' 그것은 아니다. 표절이 야기하는 손실은 너무나 미약하기 때문에 형법이라는, 비용이 만만찮은 무거운 기계를 움직일 필요가 없다. 표절로 발생한 손해를 배상하라는 송사를 벌일 수도 있겠지만, 대다수 표절자는 배상할 돈이 없는 경우가 대부분이다. 그러므로 표절이라는 비행은 기껏 비공식적이고 사적인 제재만을 받을 뿐이다. 그러나 워낙 표절이 많기 때문에 이러한 제재의 완전한 효과를 기대하기도 어렵다. 이는 공적인 법의 경우도 마찬가지다. 살인은 강력하게 처벌받지만 살인 사건은 여전히 많이 일어나고 있다. 또한 학생이 저지르는 표절을 제외하고는 표절은 가혹한 제재를 가할 정도로 심각한 사회문제로 생각되지도 않는다. 최근에는 학생들의 표절도 점차 줄어들고 있는 것처럼 보인다. 디지털화가 한편으로는 표절에 드는 비용을 줄여주기는 했다. 컴퓨터로 웹에 접근할 수 있다면 표절을 하기 위해 도서관에 가서 직접 손으로 복사할 필요가 없기 때문이다. 그러나 다른 차원에서는 디지털화가 표절의 비용을 증가시키고 있다. 왜냐하면 강력한 표절탐지 소프트웨어의 등장으로 표절을 검색할 수 있는 기능이 향상되고 있으며, 자연히 이에 따라 기대되는 처벌비용도 계속 증가할 것이기 때문이다.

재미있는 사실은, 표절과 관련된 대부분의 소송은 오히려 표절로 인해 퇴학을 당했거나 이런 저런 제재를 받은 학생들이 제기한다는 점이다. 학생들은 (만약 학교가 공립학교라면) 학교가 계약을 위반했다거나 혹은 적법한 절차를 밟지 않았다는 등 대단히 교묘하게 법리를 이용한다. 이러한 소송을 당할까 두려워하는 학교행정 담당자들은 표절을 이유로 학생을 퇴학시키는 일에 소극적이다.

III

표절은 표절작품을 독자나 관객이 신뢰하도록 유도하는 일종의 사기로 간주할 수 있다. 물론 표절자가 유도한 신뢰의 정도나 성격이 그가 저지른 위반의 경중을 따지는 유일한 요소는 아니지만, 이를 기준으로 표절과 비표절적 복제(non-plagiaristic copying)를 구별할 수 있다. 나아가 다양한 표절행위를 그 경중에 따라 등급화하고 그에 따라 처벌도 차등화할 수 있을 것이다. 또한 표절자의 고의성 여부도 중요할 뿐만 아니라 표절의 탐지가능성 역시 중요하다. 특히 후자는 전자와 깊은 관계가 있다.

신뢰는 '자기표절(self-plagiarism)'을 따지는 문제의 핵심이다. 만약 저작권이 있는 작품을 재발행할 권리를 보유하지 않고 양도한 경우, 자신이 자신의 것을 복사해도 저작권 침해에 해당한다. 하지만 이것도 표절이라 할 수 있을까? 만약 표절이라면, 우리는 이러한 잘못을 범한 사례를 무수히 만나게 될 것이다. 필자는 윌리엄 랜디스(William Landes)와 함께 펴낸 『지적재산권법의 경제학적 구조』(*The Economic Structure of Intellectual Property Law*)에서 그 같은 사례를 인용한 바 있다.

길버트 스튜어트[11])는 평생 조지 워싱턴의 초상화 일흔 다섯 점을 그렸는데, 그것들이 서로 아주 비슷하였다. 지오르지오 데 키리코[12])는 자신의 유명한 초기 초현실주의 작품들의 복사본을 무수히 많이 만들었다. …… 예이츠[13])와 오든[14])은 자신들이 발표한 시를 수년이 지난 다

---

11) Gilbert Stuart(1755~1828). 미국의 화가. 자유로운 해석과 낭만적인 성격묘사로 18세기적인 한계를 벗어난 초상화로 유명하다. 그가 그린 3점의 워싱턴 초상화는 이후 대통령 초상화의 원형이 되었다.

12) Giorgio de Chirico(1888~1978). 그리스에서 출생한 이탈리아 화가. 형이상학적이고 몽환적인 그림으로 초현실주의 미술에 큰 영향을 주었다. 그를 추종한 형이상학파는 미래파 이후의 이탈리아 화단을 풍미했다. 말년에는 고전주의로 회귀했다.

음 고쳐 쓰고 이를 작품집에 다시 싣기도 했다. 어느 비평가는 코울리지의 이판본(異版本) 모음집에 대한 평에서, 코울리지의 '개작 강박증'을 지적하였다. 사실 코울리지의 시 『노수부의 노래』는 각기 다른 출판본이 18가지나 된다.

로렌스 스턴은 자기표절의 문제에 대한 이해에 도움을 줄 수 있는 또 다른 예이다. 그의 대표작 『트리스트람 샌디』는 다른 작가의 작품을 허락도 없이 엄청나게 베껴 쓰고 있다. 또 그는 아내에게 보낸 편지를 그대로 베껴 애인에게 다시 보내기도 했다. 이는 말도 안 되는 행동이지만, 그렇다고 이것이 표절인가? 그는 어느 누구에게도 피해를 주지 않았다. 또 그는 자신의 편지에서 어떤 주옥(珠玉) 같은 내용을 발견했기 때문인지도 모른다. 아내에게 보낸 편지에서 그는 더 이상 어떻게 고칠 도리가 없을 정도로 심금을 울리는 굉장한 사랑의 표현을 발견하고는 아무리 새로 쓴들 애인에

---

13) W. B. Yeats(1865~1939). 아일랜드의 극작가이자 시인. 1923년 노벨 문학상을 수상하였다.

14) W. H. Auden(1907~1973). 영국 출신의 미국 시인. 사회성이 강한 주제를 모더니즘적 양식으로 표현하였다.

대한 자신의 열정을 표현하기에 부족할 것 같은 느낌을 받았을 수도 있다. 물론 아내나 애인의 입장에서 이 사실을 알았다면 분명히 크게 화를 냈을 것이다. 그들은 스턴이 기존 자료나 우려먹는 게으르고 진정성이 없는 사람이라고 생각했을 것이다. 그러나 그들이 화를 냈다면 그 이유는 그가 편지를 그대로 베낀 행위 때문이 아니라 베끼기 행위로 인해 드러난 그의 성격 때문일 것이다. 스턴의 표절은 어느 누구에게도 피해를 주지 않았다. 다만 표절이 드러남으로써 그 누군가가 상처를 받았을 수는 있다.

설령 이런 사례를 예외로 친다하더라도, 자신을 베끼는 행위가 누구를 피해자로 만드는 일이 되지는 않는다. 표절한 작품이 판매시장을 훼손함으로써 오히려 피해는 작가 자신에게 돌아간다. 저자가 자기복제(self-copying)한 작품을 마치 새로 쓴 작품인 것처럼 내놓는 경우 이는 사기가 되고 표절이 된다. 독자가 읽게 되는 작품이 사실은 옛날 작품을 베낀 것이기 때문이다.(가령 저자가 제목이나 저자의 이름을 바꿨다고 가정하면 될 것이다.) 이것은 상점 주인이 같은 물건을 손님에게 두 번 청구하는 것과 같다. 하지만 이 경우도 독자가 두 편의 글이 저자가 동일하다는 것을 인식해야만 성립한다. 독자는 베끼기의 양이 상당하고 원래의 내용과 거의 동일할 때만 인지하게 될 것이다.

표절에 관한 우리의 직감적 판단을 테스트해볼 수 있는 또 다른 사례를 들어보자. 이 사건은 흥미롭지만 완전히 규명되지 않은 사건이다. 트루먼 대통령의 딸 마가렛 트루먼(Margaret Truman)은 한 명 이상의 전문 미스터리 작가들에게 자신의 이름을 사용할 권리를 판매한 것으로 알려져 있다. 그들은 자신의 역할을 밝히지 않은 채 '마가렛 트루먼'의 이름으로 미스터리 소설을 쓰고 출판했다.(테니스 선수 마르티나 나브라틸로바는 범죄를 해결하는 어느 여성 테니스 선수를 다룬 미스터리 소설의 '저자'로 알려졌지만 마가렛 트루먼과 달리 자신을 저자로 내세운 소설들이 대필 작품이라는 사실을 공개했다.) 마가렛 트루먼의 시대는 지금보다 훨씬 더 순수한 시대였기 때문에 당시의 독자들은 그녀의 이름을 달고 출판된 미스터리 소설의 저자가 마가렛이라고 믿었을 것이다. 만약 독자들이 진상을 제대로 알았다면 분명 일부 독자는 크게 분개했을 것이다.(이 사건 역시 피해는 표절 때문이 아니라 진상이 밝혀짐으로 발생하는 또하나의 사례이다.) 그렇다고 이런 반응이 납득할 만한 반응일까? 분명히 마가렛 트루먼은 '표절당한' 저자들에게 피해를 입히지는 않았다. 저자들 역시 이러한 형태의 출판에 동의했고 이러한 속임수에 대한 보상을 충분히 받았다. '저자'의 명성과 대통령의 딸이 미스터리 소설을 쓴다는 특이함—사무엘 존슨[15]이 다른 맥락에서 이야기한 것처럼, 잘 썼기 때문이 아니라 썼다는 사실 자체가 놀라운 것이다—에 호기심이 동해 구매한 독자의 경우에도 자신이 속았다는 사실을 알았더라면 분명 화가 났을 것이다. 그러나 이러한 속임수에 의해 독자가 피해를 입었다고 보기는 어렵다. 더 좋은 미스터리 소설을 읽을 기회를 박탈당하기라도 했단 말인가? 독자들은 트루먼의 미스터리 소설이 작가의 뛰어난 자질 때문에 훌륭할 것으로 기대하고 읽은 것도 아니지 않은가. 마가렛 트루먼은 미스터리 소설 그 자체가 만들어낸 평가 이외에는 작가로서 어떤 명성도 없는 상태였다. 대통령의 딸이기 때문에 미스터리 소설에서도 전문가일 것이고 그녀의 '배서'가 무게를 더해줄 것이라고 생각할 독자는 아무도 없었을 것이다.(물론 그녀가 백악관 안에 살았기 때문에 미스터리 소설에 색다른 맛을 보여줄 것으로 기대한 사람이 있을 수는 있겠지만.)

---

15) Samuel Johnson(1709~1784). 18세기 영국의 시인이자 비평가.

그러나 속임수, 달리 말해 사기가 있었다면(이미 말했듯이, 속였는지 아닌지 아직 입증된 바 없다.) 그 피해자는 있기 마련이다. 그 피해자는 독자도 책의 실제 저자도 아니다. 피해자는 다른 미스터리 작가들이다. 그들은 마가렛 트루먼이라는 명성에 현혹된 독자들에게 자신의 책을 팔 기회를 박탈당했기 때문이다. 이와 같은 사례는 본인이 직접 쓰지도 않았지만 자신의 이름을 올리는 대학의 교재나, 다른 학생이 작성한 리포트를 그 학생의 동의 하에 동료 학생이 베끼는 경우도 마찬가지이다. 전자의 경우는 경쟁관계에 있는 교재의 저자에게, 후자는 같은 반의 다른 수강생에게 피해를 주게 된다. 하지만 어디에서도 마가렛 트루먼의 사례처럼 어떤 '도둑질'이나 무의식적인 베끼기가 발생하지는 않았다.

그런데 이는 변조(fabrication)의 경우도 마찬가지다. 변조의 경우 베끼기는 없다. 따라서 표절이 아니라고 주장하는 사람이 있을 수 있다. 그러나 이것 역시 문학적 사기이기 때문에 표절과 비슷한 결과를 낳는다. 특히 신문·잡지나 과학의 경우 변조는 표절을 동반한다. 『뉴욕타임즈』의 신임 기자 제이슨 블레어(Jayson Blair)가 변조와 표절을 동시에 했다는 사실이 폭로된 후 신문사는 발칵 뒤집혔고 편집이사인 하월 레인즈(Howell Raines)를 포함한 직속상관 두 사람은 결국 옷을 벗어야 했다. 변조와 표절이 함께 이루어지는 사례는 드물지 않다. 기사에 양념을 치고 싶은 기자는 다른 능력 있는 작가의 글을 베껴오거나 여러 가지 사실을 풍성하게 조합하면 된다. 과학자는 경쟁자를 비겁하게 앞지르기 위해 다른 과학자를 표절하거나 자신의 실험결과를 적당히 요리하기도 한다.

표절과 저작권 침해가 겹치는 경우도 대상은 다르겠지만 피해를 준다는 의미에서 잘못을 범하는 결과는 동일하다. 저작권 침해는 재산권 침해이다. 이것은 마치 남의 차를 훔쳐 몰고 다니는 행위 즉, 임차료를 내지 않고 남의 차를 '빌려' 타고 다니는 행위와 같다. 이것은 베낀 책의 소유자의 수입을 떨어뜨리는 행위이다. 학생이 다른 학생을 표절할 때는 이런 일은 발생하지 않는다. 표절한 작품이 저작권이 없을 경우에도 (즉, 아무나 베끼는 것이 자유로운 경우에도) 마찬가지이다. 혹은 해당 작품이 저작권이 있건 없건 간에 그것을 표절한 다른 작품과 경쟁 관계에 있지 않을 때 역시 그러하다. 그러나 경쟁 관계에 있다면 문제는 달라진다. 왜냐하면 이 경우 '표절자'와 경쟁 관계에 있는 사람이 피해를 볼 수 있기 때문이다. 학생의 표절도 마찬가지이다. 따라서 '글재주가 있는' 사람이 표절을 할 경우, 그가 전문 작가이든 학생이든 간에, 표절을 통해 자신의 작품을 더 좋게 만들 수 있을 것이기 때문에 표절을 하지 않은 다른 경쟁자, 다른 작가, 다른 학생에게 많은 피해를 줄 수 있다.

하지만 표절을 한 학생도 피해자로 생각할 수 있지 않을까? 다른 학생의 것을 베꼈을 뿐이기 때문에 숙제를 하는 과정에서 얻어지는 학문적 소득이 그에게는 발생하지 않는다. 즉, 아무런 '교육적' 이득, 혹은 '직접적인' 교육적 이득이 발생하지 않는 것이다. 하지만 더 높은 학점을 받아 경력에 도움이 된다거나 표절을 함으로써 절약한 시간을 다른 과목에 투자하여 실제적인 교육적 이득을 얻을 수 있다면 그는 표절을 하려 들 것이다. 학생은 표절을 통해 어떤 이득도 얻지 못할 경우에야 표절을 하지 않을 것이다.

비록 필자가 앞에서 표절과 저작권 침해를 구별하기는 했지만 저작권을 침해하는 표절은 그렇지 않은 경우의 표절보다 더 많은 비판을 받아야 한다. 저작권을 침해한 표절은 재산권을 침해함으로써 윤리적 위반에 사법적 위반까지 더한 것이기 때문에 표절을 당한 사람에게 더 많은 피해를 주게 된다.

IV

부정한 베끼기와 사기로 인식되고 있는 표절은 신뢰 및 기대와 연관이 있다. 따라서 우리는 특수한 역사와 문화적 맥락에 따라 표절의 개념이 달라질 가능성 즉, 특정한 역사·문화적 환경 내에서 발생하는 변이를 이해할 수 있을 것 같다. 주지하다시피, 현재 미국에서는 판사 본인이 직접 작성하지 않은 법률적 의견을 자신의 이름으로 발표하는 것을 표절로 보지 않는다. 그러나 연구조교가 작성한 논문을 교수가 자신의 이름으로 발표하는 것은 표절이다.

혼히들 표절이 근대에 나타난 개념이며 독창성에 대한 낭만주의적 숭배의 산물이라고 보는 경향이 있다. 그러나 이는 정확하지 못하다. 고대인도 우리와 똑같지는 않지만 표절이라는 개념을 가지고 있었다. 표절하는 사람이라는 의미의 영어 'plagiarist'가 파생되어 나온 라틴어 'plagiarius'가(현존하는 자료에 따르면 실제 처음으로 사용된 시기는 현존하는 자료보다 훨씬 이전일 수 있다) 현대적인 의미의 표절이라는 개념으로 처음 사용된 것은 기원후 1세기경의 로마 시인 마르티알리스[16]에 의해서였다. 'plagiarius'는 다른 사람의 노예를 훔치거나 자유민을 노예로 삼는 자를 의미했다. 마르티알리스는 자신의 시 52번에서, 그가 쓴 시를 자기 것이라고 우기는 어느 시인을 비난할 때 이 말을 비유적으로 사용했다. 그러나 이 시만으로는 상대 시인이 마르티알리스의 시를 자기의 작품이라고 속였는지, 아니면 '독점적' 소유권(개인의 작품은 노예로 간주되었다)을 주장함으로써 마르티알리스의 주장을 일축했는지 알 수는 없다. 시 53번의 경우는 그 의미가 더욱 분명하다. 마르티알리스는 오늘날 우리가 표절자를 가리켜 사용하는 'plagiarius'라는 말

---

16) 마르쿠스 발레리우스 마르티알리스(Marcus Valerius Martialis, 40?~104?). 영어로는 줄여서 마샬(Martial)로 부른다. 지금의 스페인 지역인 이베리아 반도 출신의 로마 시인. 당시 도시인의 삶과 시인의 지인들을 재치 있게 묘사한 『경구』(Epigrams)가 그의 대표작이다.

대신 도둑이라는 의미의 *'fur'*를 사용한다. 그러나 표절 즉, 문학적 도둑질에 대한 로마인의 개념은 창의성과는 무관하게 글자를 있는 그대로 베끼는 경우에 국한된 것 같다. 예컨대 로마의 독특한 장르인 켄토(*cento*)는 다른 시인의 시에서 발췌한 구절로 구성된 작품이었지만, 발췌된 구절들이 재배열되어 원작과는 다른 새로운 의미를 창출하였다. 로마인은 이런 시를 표절로 생각하지 않았다.

영국에서의 '표절'(이 말은 17세기에 들어서 아주 흔히 사용되었다)에 대한 최초의 불만은 셰익스피어 시대부터 시작되었다. 셰익스피어도 극작가 경력 초기에는 로버트 그린[17])에 의해 표절작가로 비난 받았다. 그러나 설령 표절이라 하더라도(이 부분도 분명하지 않다) 그린의 비난이 큰 타격이 되지는 않았다. 그러나 지금의 기준으로 보면 셰익스피어는 표절작가가 아닌가? 셰익스피어의 연극은 제목이나 플롯은 물론이고 대사 가운데 무려 수천 행을 다양한 자료에서 글자 한 자 틀리지 않게, 혹은 거의 흡사하게 베끼고

---

17) Robert Greene(1558~1592). 영국의 극작가이자 시인. 그는 셰익스피어의 런던 초기 극작가 시절을 설명하는 가운데 『헨리 6세』(*Henry VI*)를 인용하며 그의 표절에 대해 불평하였다.

있다. 물론 어디에서도 그런 사실을 밝히지 않았다. 관객들 대다수도 그가 다른 작가의 작품을 전용하고 있다는 사실을 몰랐을 것이다.

셰익스피어 '표절'의 가장 멋진 예를 들자면, 『안토니와 클레오파트라』(Antony and Cleopatra)에서 바지선(船)에 올라 탄 클레오파트라를 묘사하는 부분이다. 셰익스피어는 토마스 노스[18]가 번역한 플루타르크의 『영웅전』의 마르쿠스 안토니우스[19]에 관한 부분을 무운시(無韻詩)의 형식으로 눈 하나 깜짝하지 않고 패러프레이즈하고 있다. 다음은 노스가 묘사하고 있는 부분이다.

그녀는 떠나고 싶은 마음이 없었지만 기드누스 강의 바지선에 몸을 실었다. 선미는 황금색이고 돛은 자줏빛이고 노는 은빛이었다. 배 위에서 피리와 하우보이와 기타와 바이올린과 다른 여러 악기가 내는 음악소리에 맞춰

---

18) Sir Thomas North(1535?~1601?). 영국의 학자로 플루타르크(Plutarch)의 『영웅전』(Lives)을 번역하였다.

19) Marcus Antonius(BC 82?~BC 30). 고대 로마의 정치가. 이집트 여왕 클레오파트라를 아내로 삼았지만 악티움해전에서 패하여 자살하였다.

사람들은 노를 저었다. 이제 여왕의 자태를 보자. 여왕은 금실을 엮어 짠 비단 차일 아래 누웠는데, 여신 비너스처럼 차려입고서 모습은 그림 속에 그려진 그 모습 그대로였다. 양쪽에는 튼튼한 미소년들이 화공이 그린 큐피드 신처럼 차려입고서 작은 부채를 손에 들고서 바람을 일으키고 있었다.

She disdained to set forward otherwise, but to take her barge in the river of Cydnus; the people whereof was of gold, the sails of purple, and the owers [oars] of silver, which kept stroke in rowing after the sounde of the musick of flutes, howboyes, citherns, violls, and such other instruments as they played upon in the barge. And now for the person of her selfe: she was layed under a pavilion of cloth of gold of tissue, apparelled and attired like the goddesse Venus, commonly drawn in picture: and hard by her, on either hand of her, pretie faire boyes apparelled as painters doe set forth god Cupide, with litle fannes in their hands, with the which they fanned wind upon her.

다음은 셰익스피어가 묘사하는 부분이다.

여왕이 타신 배는, 빛나게 닦은 황금 옥좌처럼,
물결 위에 타오르고 있었소. 고물은 얇게 펴 늘인 황금
마루,
돛은 온통 자줏빛인데, 피워 놓은 향이 진동하는지라,
바람도 돛과 사랑에 빠진 듯했소. 노들은 온통 은(銀)이
거든.
그것이 피리소리 장단에 맞춰 저어 나가면, 노들이
때리는 물결도 그만 황홀해져서,
더욱 빨리 노질 뒤를 따라갑디다. 여왕 본인의 자태로 말
하자면,
이건 필설이 다 무색할 지경이었소. 금실을 섞어 짠
얇은 비단 차일 아래 누웠는데,
자연보다는 상상력이 더 낫거니 생각이 되는,
그림 속의 비너스보다 더 아름다웠소. 좌우 양편에는,
미소하는 큐피드 같은 보조개 오목 팬 미소년들이,
오색영롱한 부채들을 들고서, 부채질을 하면 그 바람은

시원해진 고운 뺨에 또 홍조를 띄우니,

식힌 열기를 다시 생기게 하는 듯했소.[20]

The barge she sat in, like a burnished throne,

Burnt on the water. the poop was beaten gold;

Purple the sails, and so perfumed that

The winds were lovesick with them. the oars were

silver,

Which to the tune of flutes kept stroke, and made

The water which they beat to follow faster,

As amorous of their strokes. for her own person,

It beggared all description: she did lie

In her pavilion—cloth-of-gold of tissue—

O' erpicturing that Venus where we see

The fancy outwork nature. On each side her

Stood pretty dimpled boys, like smiling Cupids,

With divers-colored fans, whose wind did seem

---

20) 『안토니와 클레오파트라』 2막 2장, 이호근 역, 『셰익스피어 전집』 1권, 서울:
정음사, 1975, p.471-2. 일부는 역자가 다시 옮겼다.

To glow the delicate cheeks which they did cool,

And what they undid did.

만약 이것도 표절이라면 표절의 범위는 끝이 없을 것이다. 이것이 표절이 아닌 근본적인 이유는 셰익스피어의 시대는 우리와는 달리 창의성(creativity)이란 독창성(originality)이라기보다는 개량(improvement)으로 이해했기 때문이다. 달리 말해, 창조적 모방(creative imitation)으로 받아들였던 것이다. 밀턴[21]은 다른 작가로부터의 '차용(borrowing)'은 오직 "차용인을 통해 개선되지 못하는 경우에만, 훌륭한 작가들 사이에서, 표절로 간주된다"고 했다. 해럴드 오그든 화이트(Harold Ogden White)는 "모방의 대상을 신중하게 고르고 그것을 자기 식으로 재해석하고 나아가 그것을 뛰어넘어 훌륭하게 되고자 노력하는 것을 통해 진정한 독창성이 획득된다는 고전적 원리"를 지적하고 있다. 셰익스피어라는 창조적 모방가는 기존의 테마를 변주했지만, 그 테마를 감추려고 애쓰지 않았다. 플루타르크를 읽

---

21) John Milton(1608~1674). 영국의 시인으로서 『실락원』(*Paradise Lost*)이 대표작이다.

은 사람이라면(물론 모든 사람에게 적용되지는 않겠지만) 『안토니와 클레오파트라』의 바지선 장면을 알 수 있었을 것이기 때문이다.

창조적 모방이 더 이상 승인된 형식의 창의성이 아니기 때문에 그러한 작가들이 죄다 표절자라는 말은 결코 맞지 않다. 『트리스트람 샌디』가 셰익스피어 사후 150년 뒤에 씌어질 때는 이미 근대적 의미의 표절 개념이 태동하고 있었다. 그러나 이 작품은 로버트 버튼[22]의 『우울의 해부』(*Anatomy of Melancholy*)를 방대하게 베끼고 있으면서도 출처를 밝히지 않는다. 스턴의 '도둑질'을 눈치 챈 독자는 거의 없었겠지만, 『트리스트람 샌디』는 위대한 소설이다.

T. S. 엘리어트[23]의 「황무지」는 20세기 걸작 중의 하나다. 이 시는 시인이 각주에서 부분적으로 출처를 밝히고 있지만, 이전 문학의 (인용부호 없는) 인용으로 짠 피륙과

---

22) Robert Burton(1577~1640). 학자이자 옥스퍼드 대학의 사제. 그는 『우울의 해부』에서 기존의 모든 과학적 성과를 바탕으로 성격과 습성으로서의 우울증을 연구하였다.

23) Thomas Stearns Eliot(1888~1965). 미국 출신의 영국 시인으로서 모더니즘을 대표한다. 1948년 노벨문학상을 수상하였다. 「황무지」(*The Waste Land*)는 그의 대표작 중의 하나이다.

같다. 그가 '차용'(그는 '도둑질'이라고 표현하고 있다)한 것 가운데는 시의 서두에 나오는 플루타르코스-노스-셰익스피어로 이어진 바지선 장면도 포함된다.

그녀가 앉은 의자는, 빛나게 닦은 황금 옥좌처럼,
대리석 위로 타오르고 있었고, 장식된 포도송이 사이로
황금빛 큐피드가 고개를 내밀고 있는
(다른 큐피드는 날개로 제 눈을 가리고 있었지)
받침대가 들어 올린 유리가
일곱 등 촛대의 불꽃을 더욱 환희 밝히며
탁자 위로 빛을 반사할 때 그녀의
보석도 장단을 맞춰 번쩍였다네.

The Chair she sat in, like a burnished throne,
Glowed on the marble, where the glass
Held up by standards wrought with fruited vines
From which a golden Cupidon peeped out
(Another hid his eyes behind his wing)
Doubled the flames of sevenbranched candelabra
Reflecting light upon the table as

The glitter of her jewels rose to meet it.

이러한 차용(학식이 있는 독자의 경우에는 인유에 해당한다. 사실 인유는 창조적 모방의 한 가지 기술이다)은 현대시에서 흔히 볼 수 있다. 엘리어트는 제임스 1세 시대의 극작가인 필립 매신저[24]에 관한 글에서, 자신이 「황무지」와 그 외의 다른 작품에서 사용한 기법을 다음과 같이 설명하고 있다.

미숙한 시인은 모방하고 성숙한 시인은 훔쳐온다. 나쁜 시인은 자기가 가져온 것을 훼손하지만 좋은 시인은 그 것을 더 나은 것으로 만든다. 아니면 적어도 다른 것으로 바꾼다. 좋은 시인은 도둑질해온 것을 용접하여 독특한 감정으로 통합하기 때문에 가져오기 이전의 원래의 것과 완전히 다른 무엇으로 만든다. 반면에 나쁜 시인은 그 것을 함부로 쑤셔 넣어 아무런 통일성이 없는 것으로 만

---

24) Philip Massinger(1588~1640). 영국의 극작가. 성과 폭력을 연극에 적절히 섞어 넣어 많은 인기를 모았다. 대표작으로 『밀라노의 공작』(*The Duke of Milan*, 1622)이 있다.

들어버린다. 좋은 시인은 시대도 다르고, 언어도 다르며, 관심도 다양한 다른 작가의 작품에서 기꺼이 빌려오고 자 한다.

엘리어트의 시는 브라우닝[25]과 같은 시인에게 크게 빚지고 있지만, 오히려 엘리어트는 브라우닝을 비난하고 고전적인 형이상학파 시인들을 칭송함으로써 자신이 받은 시적 영향에 대해 독자를 감쪽같이 속였다.

이러한 사례는 비단 문학에만 한정되지 않는다. 고전 음악가들은 민요의 멜로디를 '표절'하고(드보르작,[26] 버르토크,[27] 코플런드[28]를 생각해보라) 이전의 고전 음악들을 (음악가들의 용어를 빌리자면) '인용(quote)' 했지만 표절로 비난받지 않았다. 이전 작곡가의 주제를 변주하는 관습은 창

---

25) Robert Browning(1812~1889). 영국 빅토리아조를 대표하는 시인. 독특한 극적독백 형식의 시를 썼다.

26) Antonin Leopold Dvorak(1841~1904). 체코의 서정적이고 향토적인 선율로 민족적인 음악을 완성한 작곡가.

27) Bela Bartok(1881~1945). 헝가리 현대음악의 창시자. 헝가리 민요를 적극적으로 활용한 작곡으로 유명.

28) Aeron Copland(1900~1990). 가장 미국적인 음악을 완성한 작곡가, 지휘자, 음악비평가.

조적 모방의 좋은 예이다. 물론 제목에서부터 이를 인정하는 경우도 있다〔예컨대, 브람스[29]의 「하이든 주제에 의한 변주곡」(*Variations on a Theme by Hayden*)을 보라〕. 랩 아티스트들은 이전에 나온 노래의 일부를 아무런 인정 없이 '샘플링'[30]하는 경향이 있는데, 대다수 음악 팬들은 그것이 어디에서 샘플링하고 있는지를 잘 안다.

에드아르 마네[31]의 대표작 「풀밭 위의 점심식사」(*Le Dejeune sur l' herbe*)는 이전 시대의 화가 라파엘로[32], 티티안[33], 쿠르베[34]의 그림을 베끼고 있지만 표절로 간주되지 않았다.[35] 물론 전문가들은 그것을 인유로 인식할 것이

---

29) Johannes Brahms(1833~1897). 독일 음악의 거장으로 중후한 고전주의 음악들을 남겼다.

30) sample, sampling. 기존 음악의 특정 부분을 가져와 편곡의 구성 요소로 사용하는 기법.

31) Édouard Manet(1832~1883). 프랑스 인상주의 화가로서 근대 미술의 개척자.

32) Sanzio Raffaello(1483~1520). 이탈리아 르네상스 시대의 위대한 화가, 조각가, 건축가.

33) Titian(1488~1576). 본명은 티치아노 베셀리오(Tiziano Vecellio). 16세기 이탈리아 르네상스의 베네치아를 대표하는 화가.

34) Gustave Courbet(1819~1877). 낭만주의에 반대한 19세기 프랑스 사실주의 화가.

35) 「풀밭 위의 점심식사」는 이후 다른 작가들, 예컨대 피카소(Piccaso)의 추상

다.(그 다음으로 유명한 작품인 「올랭피아」(*Olympia*)에서 마네는 티티안의 「우르비노의 비너스」(*Venus d' Urbino*)를 프랑스의 창녀로 둔갑시키고 있다.) 강아지 여덟 마리를 안고 있는 부부의 사진(쿤즈가 직접 찍은 사진이 아니다)을 조각으로 표현한 제프 쿤즈[36]의 '차용미술(appropriation art)'을 생각해보자. 쿤즈가 「강아지 횟대」(*String of Puppies*)로 명명한 그의 조각은 비록 강아지들을 파랗게 칠하고 훨씬 거대한 입체상으로 표현했지만 사진과 거의 흡사하다.

랜디즈와 필자 본인이 공저한 지적재산권에 관한 책에 소개한 다른 예를 하나 더 들어보기로 하자.

화, 알랭 자크(Alain Jacquet)의 점묘화, 앤소니 카로(Anthony Caro)의 청동조각, 뉴질랜드 해밀턴 공원의 조각상, 브루스 심슨(Bruce Simpson)의 만화 등에서 변주되었다.

36) Jeff Koons(1955~). 키치(kitsch)와 패러디의 기법으로 작업하는 대표적인 미국의 현대 미술가이자 조각가. 그는 저작권 침해와 관련된 고발을 여러 차례 당했다. 여기서 문제가 된 사건은 1992년에 사진작가인 아트 로저스(Art Rogers)가 쿤즈를 상대로 승소한 유명한 사건으로서 포스트모던 예술가들에게 경종을 울린 사건이다. 법원은 쿤즈의 조각과 로저스의 사진이 너무나 흡사하여 모든 사람이 두 작품의 유사성을 인식할 수 있기 때문에 쿤즈가 로저스의 저작권을 침해했다고 판시했다. 또 법원은 패러디의 예술적 기법을 사용했다는 쿤즈의 주장에 대해서도 쿤즈가 강아지를 패러디할 때 굳이 로저스의 사진을 이용할 필요가 없었을 뿐만 아니라, 쿤즈의 작품은 로저스의 사진에 대한 패러디라기보다는 강아지의 이미지를 이용한 것에 가깝기 때문에 정당하지 않다고 판시했다.

러시아의 화가 죠지 푸센코프(George Pusenkoff)는 헬무트 뉴튼[37]의 누드 사진에서 그림의 윤곽을, 이브 클라인[38]의 단색 그림에서 밝은 청색의 배경을, 그리고 러시아 미술가 카시미르 말레비치[39]의 그림에서 작은 노란 사각형을 빌려와 그림을 그린 적이 있다. 클라인이나 말레비치 쪽은 푸센코프의 차용에 대해 이의를 제기하지 않은 반면, 뉴튼은 푸센코프에게 그림을 폐기처분할 것을 요구했다. 푸센코프는 자신이 베끼기를 한 것이 아니라 하나의 독특한 작품을 창조했다고 옹호했다. 사진 전체가 아니라 단지 윤곽만을 빌려왔으며 거기에다 대중적인 소재를 담았기 때문에 매체 자체를 변화시켰다는 것이다. 하지만 푸센코프는 아무런 대가를 지불하지 않고 뉴튼의 유명한 이미지를 베낀 것이 분명했으며 그의 목적은 누가 봐도 알 수 있는 다른 미술가의 요소를 베끼

---

37) Helmut Newton(1920~2004). 독일 태생의 사진작가. 여성의 누드사진으로 유명하다.

38) Yves Klein(1928~1962). 혁명적 예술행위로 유명한 프랑스의 누보 레알리즘 화가. 행위예술과 미니멀리즘에 영향을 주었다.

39) Casimir Malevich(1878~1935). 우크라이나 출신의 대표적인 러시아 아방가르드 미술가이자 이론가.

는 것이었다. 즉, 그는 "캔버스가 다른 미술가에게서 '인
용'해온 문화적 연상들로 윙윙거리게 만들기 위해 진정
포스트모던적인 그리기 방식을 목표로 한다."

고전은 새로운 매체를 통해 끊임없이 재창조된다. 소설
「엠마」[40]는 영화 「클루리스」(*Clueless*)로, 연극 「피그말리
온」[41](이 연극도 오비드[42]의 피그말리온과 갈라티아의 이
야기를 간접적으로 차용하고 있다)은 뮤지컬 「마이 페어 레
이디」[43]로, 볼테르[44]의 「캉디드」는 레너드 번스타인[45]의 뮤

---

40) *Emma*. 영국 소설가 제인 오스틴(Jane Austen, 1775~1817)이 1816년에 발표
한 소설.

41) *Pygmalion*. 아일랜드 출신의 영국 극작가 버나드 쇼(Bernard Shaw, 1856~
1950)가 1913년에 발표한 연극.

42) Ovid (43 BC~AD 17). 로마의 시인. 대표작으로 「사랑의 기술」(*Art of Love*),
「변신」(*Metamorphosis*)이 있다.

43) *My Fair Lady*. 1956년 뉴욕 브로드웨이에서 초연된 뮤지컬. 앨런 제이 러너
(Allan Jay Lerner)가 가사와 대본을 맡고 프레더릭 로우(Frederick Loewe)가 곡
을 썼다. 여기에 기초하여 1964년 조지 쿠커(George Cukor)가 감독한 오드리 햅
번(Audrey Hepburn) 주연의 영화 「마이 페어 레이디」도 나왔다.

44) Voltaire(1698~1778). 불의와 불관용을 공격한 프랑스 계몽주의 철학자 및 작
가. 「캉디드」(*Candide*, 1859)는 그의 풍자소설.

45) Leonard Bernstein(1918~1990). 뮤지컬 코미디로 유명한 미국의 작곡가. 「캉
디드」는 1956년, 「웨스트사이드 스토리」는 1957년 작.

지컬 「캔디드」로, 셰익스피어의 「로미오와 줄리엣」은 「웨스트사이드 스토리」로 재창조되었다. 새로운 작품을 본 많은 관객은 베끼기를 인식 못하기도 하며 표절되었다는 느낌을 갖지도 않는다. 그러나 원작의 저작권이 계속 보호받고 있는 상태라면 파생된 작품은 저작권 침해를 피하기 위해 저작권 소유자에게 허락을 받아야만 한다.

이러한 '인용'(인용부호나 다른 말이 없다하더라도)을 대다수의 관객이 당연히 인식할 것으로 기대되기 때문에 인용부호나 출처를 밝히는 작업은 중요하지 않게 된다. 이때의 베끼기는 '흉내'가 아니라 창작에 가깝다. 이런 경우는 인유로 간주되며, 설령 청중 대다수가 인유의 출처를 정확하게 인식하지 못한다 하더라도 표절로 보지 않는다.

모방하고 베끼는 사람이 원작보다 더 나은 것을 생산하는 경우(셰익스피어의 바지선 장면)나 원작과 현저히 다른 경우(엘리어트의 바지선 장면, 티티안에 대한 마네의 재창조 등)는 모방이 새로운 가치를 만들어내는 경우이다. 대부분의 경우가 그렇지만, 모방되는 원작자가 오래 전에 사망했고 작품도 저작권을 상실한 경우는 베끼기가 그 누구에게도 피해를 주지 않는다. 이런 경우, 원작자에 대한 인정이 없다고 해서 독자나 청중이 속아 넘어가는 일도 없고 또 출처에 전혀 관심도 없기 때문에 여기에 사기가 개입될 여지는 없다. 쿤즈의 조각은 사진사인 로저(Roger)가 저작권 침해를 이유로 쿤즈를 고소한 사건에 대해 법원이 판결한 대로, 저작권 침해라는 의미에서 일종의 '해적행위(piracy)'에 해당할 수는 있지만 표절은 아니었다. 「버낼러티 쇼」(Banality Show)라 불린 전시회에 작품을 출품하면서 쿤즈가 의도한 풍자의 성공 여부는 관객이 이 작품을 쿤즈 개인의 취향의 표현이 아니라 어느 감성적인 사진을 모방한 작품이라는 사실을 인식하느냐에 달려 있었다. 반면 「클루리스」라는 영화를 본 관객 중에 극소수만이 이 영화가 제인 오스틴의 소설에서 빌려왔다는 사실을 알았겠지만, 나머지 대다수는 설령 그 사실을 알았다 하더라도 그런 사실 때문에 영화를 낮게(혹은 오스틴의 소설을 더 좋게) 평가했을 것 같지는 않다.

셰익스피어의 경우에는 또 다른 요소가 있다. 그가 자료의 원천을 공개한들 그것이 아무 소용이 없었을 것이라는 사실 말이다. 그의 연극은 사후에야 책으로 발행이 되었기 때문에 그가 텍스트에서 베끼기를 밝혔어도 관객에게 전달될 수가 없었을 것이다. 게다가 연극배우의 입장에서 보면, 극작가가 다른 작가에게서 베낀 일련의 대사를 무대 위에서 열거하며 연극을 시작할 수도 없었을 것이다. 포프[46]가 드

라이든을 '표절' 한 다음의 예를 보자. 드라이든[47]이 "진리
는 정말 그런 얼굴과 몸매이기에/ 보기만 해도 사랑하게 되
느니"[48]라고 한 말을 포프는 "악덕은 무서운 몸매를 한 괴
물이기에/ 보기만 해도 증오하게 되느니"[49]로 바꿨다. 포프
는 드라이든의 2행을 비슷하게 바꿔 쓰고 있다는 사실을 각
주에서 밝혔어야만 했을까? 혹은 이런 식으로 바꿔 쓴 행의
목록을 서문에서 기록했어야만 했을까? 그것은 어색하기도
하거니와 불필요한 일이었을 것이다. 도대체 무슨 피해가
발생하기에 그런단 말인가?

바로 이러한 '인정의 어색함(awkwardness of
acknowledgement)' 때문에 작품의 제목을 다른 작품의 구
절에서 베껴와 사용할 때도 그것을 표절로 볼 수 없는 이유
가 된다. 예컨대 『태양은 또다시 떠오른다』,[50] 『소음과 분

---

46) Alexander Pope(1688~1744). 영국의 풍자시인. 대표작으로 「머리타래의 강
탈」(*The Rape of the Rock*, 1712)이 있다.

47) John Dryden(1631~1700). 영국의 계관시인. 풍자시와 신고전주의 비평으로
유명하다. 대표작으로는 「압살롬과 아키토펠」(*Absalom and Achitophel*, 1681)이
있다.

48) Dryden의 「암사슴과 표범」(*The Hind and the Panther*, 1687) 2부, 33행.

49) Pope의 「인간론」(*An Essay on Man*, 1733) 2부, 217행.

50) 『태양은 또다시 떠오른다』(*The Sun Also Rises*, 1926)와 『누구를 위하여 종

노』,51) 『누구를 위하여 종은 울리나』 등이 이러한 사례에 해당한다. 사실, 많은 독자들은 제목이 인유인지도 모를 뿐만 아니라, 제목 아래에 작가가 각주로 제목이 인용되었다는 사실을 밝히게 되면 그 때문에 오히려 작가가 만들어내고자 하는 분위기가 망쳐졌을 것이 분명하다. 게다가 필자가 든 예처럼, 인용된 문구가 독자 일반에게 익히 알려진 경우라면 출처를 밝히는 행위가 독자에게 학자연하는 느낌마저 줄지도 모른다. 인용된 문구의 목적이 원전에서 사용된 목적과는 판이하게 다르기 때문에 독자는 현재의 저자가 인용 문구를 사용한 제목을 독창적이라고 평가할 것이다. 필자가 언급한 세 작품의 제목은 대단히 훌륭하다. 이 뛰어난 문구는 원작자의 것이지만 그런 제목을 붙인 저자의 빼어난 안

은 울리나』(*For Whom the Bell Tolls*, 1940)는 미국 소설가이자 노벨문학상 수상작가인 어니스트 헤밍웨이(Ernest Hemingway, 1899~1961)의 소설이다. 전자의 제목은 구약의 전도서(Ecclesiastes) 1장 5절에서, 후자는 영국 형이상학파 시인 존 단(John Donne, 1572~1631)의 『비상시의 기도문』(*Devotions Upon Emergent Occasions*, 1624)의 「명상 17편」("Meditation XVII")에서 가져왔다. 참고로 명상가이자 선(禪) 연구자인 토머스 머튼(Thomas Merton, 1915~1968)도 『사람은 섬이 아니다』(*No man is an Island*, 1955)의 제목을 단의 이 시에서 가져왔다.

51) 『소음과 분노』(*Sound and Fury*, 1929)는 미국 소설가이자 노벨문학상 수상작가인 윌리엄 포크너(William Faulkner, 1897~1962)의 소설이다. 제목은 셰익스피어의 비극 『맥베스』(*Macbeth*)의 5막 5장의 맥베스의 독백 중에서 가져왔다.

목을 지적하지 않을 수 없다. 제목에는 저작권이 없다. 그러나 다른 사람의 제목(보통은 제목에서도 가장 좋은 부분)을 자기 책에 그대로 베끼는 작가는 진짜 독창성이 없는 작가로 간주된다. 하지만 표절자로 간주되지는 않는다. 왜냐하면 그렇게 베낀 제목은 분명히 잘 알려진 책의 제목일 테니까 여기에 속임수가 개입되어 있는 것이 아니기 때문이다.

인정의 어색함은 문학작품이나 다른 지적인 생산물이 입은 은혜를 밝히지 않음으로써 발생하는 그런 종류의 표절과는 다른 차원의 문제이다. 중요한 현대작품 중에서 보기를 들자면, 우선 에즈라 파운드[52]가 「황무지」를 심하게 편집한 사례와 맥스웰 퍼킨즈[53]가 토머스 울프의 소설들을 심하게 편집한 사례가 있다. 그러나 이들이 그렇게 편집을 해주었기 때문에 원작이 개선될 수 있었다. 엘리어트와 울프는 파

---

52) Ezra Pound(1885~1972). 현대 영시의 발전에 엄청난 공을 세운 미국 시인. 그는 엘리어트(Eliot)의 「황무지」의 초고를 거의 절반으로 줄이는 데 결정적인 영향을 주었다. 엘리어트는 「황무지」를 파운드에게 헌정하며 그를 '나보다 더 훌륭한 장인(il miglior fabbro)'이라고 불렀다.

53) Maxwell Perkins(1884~1947). 재능 있는 미국의 소설가들을 길러낸 편집장. 피츠제럴드(F. S. Fitzgerald, 1896~1940), 헤밍웨이, 울프(Thomas Wolfe, 1900~1938) 등을 발굴했다. 울프는 미국 경제대공황기의 다양한 문화적 양상을 잘 묘사했다.

운드와 퍼킨즈가 그들의 작품에 기여한 공로를 인정했어야 옳았을까? 과연 독자들은 이러한 정보를 정말 중요하게 생각했을까? 독자들은 위대한 문학작품이 바로 책을 쓴 작가의 이마에서 나오는 것—이것은 개인의 천재성을 숭배하는 낭만주의의 유산이다—으로 생각하기를 원하는 것은 아닐까? 우리는 독자들을 미망에서 일깨워주어야만 하는가?

대부분의 자기표절은 창조적 모방이 진일보한 사례이다. 새로운 사상을 전달하려는 학자나 작가는 그것을 처음 접하는 독자가 쉽게 이해할 수 있도록 표현상에 여러 가지 변화를 주면서 그것을 여러 번 반복해야만 한다. 그 사상을 좀 더 섬세하게 다듬을 때 그리고 그에 관련된 추가적인 정보가 축적됨에 따라 더욱 변화를 주면서 그것을 반복하게 되는 것이다.

셰익스피어의 시대에서 중요하게 취급된 창조적 모방이 오늘날도 그러기는 마찬가지이다. 그러나 그 시대에는 지금처럼 현대적 의미의 '독창성'이 강조되어 모방적 요소가 최소화되거나 아니면 적절하게 가려져야 하는 일이 없었다는 점이 중요하다. 셰익스피어도 작품을 이전의 유사한 판본이나 역사적 자료에서 빌려와 작업하지 않고 스스로 '구성'할 수도 있었을 것이다. 그가 그렇게 하지 않은 이유 중의 하나는 엘리자베스 시대 연극이 검열을 받고 있었기 때문이었을 것이다. 그래서 이전 작품의 주제나 플롯을 활용하는 것이 차라리 안전했을지도 모른다. 검열은 권위주의 사회에서는 자연스러운 현상으로서 지적 창의성에 대한 공포를 반영하는 것이었다. 또 예술표현의 상품시장의 규모가 작고 빈약한 당시 사정으로 볼 때, 베끼기가 있었기 때문에 대다수 독자층이 구경하기 힘든 작품도 널리 즐길 수 있었던 것도 사실이다. 표절작가(만약 오늘의 기준이라면 셰익스피어는 이렇게 불릴 것이다)는 결국 귀한 봉사를 했던 셈이기 때문에 그는 값싼 베끼기가 난무하는 이 시대만큼 그렇게 비판받지는 않았을 것이다.

가장 중요한 사실은 그 시대는 요즘처럼 값싼 서적과 기록물과 TV, 제로에 가까운 문맹률과 높은 수준의 교육, 풍요, 그리고 개인주의의 발흥으로 사람들이 스스로 사고할 수 있는 시대(검열을 포기하고 기계적으로 학습하는 시대)가 아니었다. 따라서 당시 사람들의 예술적 표현물에 대한 욕구는 상대적으로 소수의 작품을 가지고 그것을 개선하고 또 개선하여 세련되게 만들어 채워줄 수밖에 없었다. 현대적인 의미의 독창성에 대한 숭배는 예술표현물의 시장에서 일어난 변화에 기인한다고 말할 수 있다.

리자 폰(Lisa Pon)은 이탈리아 르네상스기 시각예술에서 일어난 이러한 과정을 상세히 추적하였다. 미술가의 스케치를 인쇄하는 업자도 처음에는 미술가와 동격으로 대접받았다. 인쇄 자체가 워낙 어려운 기술인데다가 사람들이 접하기 힘든 그림을 인쇄를 통해 그나마 접할 수 있게 해주었기 때문이었다. 그러나 인쇄기술이 발전하고 인쇄물이 대량소비상품이 됨에 따라 예술에 대한 인쇄업자의 공헌도가 저평가되기 시작했다. 그것은 한편으로는 기준에 적합한 인쇄(즉, 원화에 가까운 복사)를 하는 일이 점점 더 쉬워졌기 때문이었고, 또 한편으로는 미술상품 시장의 규모가 커져감에 따라 미술가도 어느덧 명사가 되었기 때문이었다. 인쇄기술자의 도움을 통해 작품의 인쇄가 이루어졌음에도 불구하고 미술가가 작품의 온전한 창조자로 간주되면서 미술가의 '명성'은 더욱 커져갔다.

지금 필자가 제시하고 있는 경제학적 설명이 독창성의 가치가 부각된 오늘날의 현상에 대한 유일한 설명은 아니다. 독창성의 숭배는 개인주의와 동시에 발생했으며 개인주의야말로 근대성의 특징 아닌가. 사회가 점점 더 복잡해짐에 따라 사회는 그 구성원에게 각각 서로 다른 역할을 맡기기 시작했다. 그리고 교육과 물질적 번영은 사람들을 관습,

가족, 권위의 족쇄로부터 해방시켰고 개인을 개인으로서 자부할 수 있게 만들었다. 그 결과 '개성의 숭배(cult of personality)'가 일어난 것이다. 우리는 사회에 행하는 우리의 기여가 우리 고유의 것이고 그래서 대중의 인정을 받을 만하다는 생각을 하게 되었다. 그런데 표절은 이것을 흐리게 하는 행위이다. 또한 개인주의는 생산품과 일상적인 상업서비스에 적용되던 수요의 이질성의 개념을 표현 및 지식생산물에 대해서도 적용하게 만들었다. 다양성에 대한 수요—옛날 것의 개량보다는 새로운 것을 위한—가 커지면 커질수록 독창성에 대한 수요도 증가한다.

예술표현의 상품시장이 빈약했을 때 작가나 미술가는 그들을 재정적으로 뒷받침하던 후원자에게 전적으로 의지했다. 다시 말해 예술가가 독립할 수 있을 만큼 충분히 구매해줄 수 있는 여유 있는 소비자의 수가 적었다. 후원자가 있는 작가는 경쟁에 대한 걱정이 상대적으로 적겠지만, 익명의 구매자로 형성된 시장을 만족시킬 수 있느냐 없느냐의 여부에 따라 죽고 사는 운명을 가진 다른 작가들은 입장이 달랐을 것이다. 그들은 예술품을 대신하는 다른 상품과 경쟁해야만 했기 때문이다. 표현물의 시장이 확대됨에 따라 예술가가 수입을 얻는 방식도 후원제도에서 판매방식으로 변화했다. 지식상품의 새로운 자금 조달자 즉, 소비자는 셰익스피어 시대의 후원자와는 달리 작가를 개인적으로 알지 못했다. 따라서 작가는 자신의 이름으로 자신을 드러내는 것이 중요해지게 되었고 결국 작가가 쓴 어떤 책에 대한 소비자의 체험이 그 작가의 다른 책을 사느냐 마느냐를 결정짓기에 이르렀다.

우리는 저자가 익명을 사용하는 관습이 후퇴하는 과정을 통해 예술적 표현물의 시장이 발흥하는 과정을 그려볼 수 있다. 저자의 이름은 제작회사의 이름처럼 소비자를 유혹하는 상품명이 되었다. 그리고 같은 취지에서, 사기도 일어나기 시작한다. 어떤 작가라도 경쟁자나 선배작가의 작품을 아무런 인정 없이 베낌으로써 소비자의 눈앞에 자신의 '브랜드'의 가치를 끌어올릴 수 있기 때문이었다. 표절이 상표권 침해—저급한 브랜드를 유명한 고급 브랜드로 유통시키는 행위—와 유사한 것은 우연이 아니다. 일용품 시장에서 일어나는 상표권 침해는 예술적 표현물의 시장에서 발생하는 표절에 상응한다. 상표와 저자의 (이름을 통한) '브랜드화(化)'는 시장의 규모가 커지고 개인의 차원을 넘어섬에 따라 판매자와 소비자를 보호할 목적으로 함께 발전해왔다.

표현 생산물의 덩치가 커짐에 따라 사기를 행하기도 더

욱 쉬워지고 있다. 이는 철저하고도 완전한 조사가 불가능하기 때문이다. 그런데 이런 문제는 표절탐지 프로그램의 개발을 통해 해결될 기미가 보이고 있다.

근대의 경제학은 표절의 의미와 중요성이 변화한 이유를 잘 설명해준다. 카비야 비스와나탄이 메건 맥카퍼티의 소설의 일부를 베낀 행위를 창조적 모방으로 용서해줄 수 없는 이유도 여기에 있는 것이다. 소설을 읽어보면 두세 군데에서 비스와나탄이 맥카퍼티의 소설을 조금씩 세련되게 바꿨다는 것을 알 수 있다(물론 그 장면에서 보이는 위트는 맥카퍼티의 것이다). 물론 나머지 대부분은 비스와나탄의 독창적 산물이다. 17세기였다면 비스와나탄은 표절작가라는 오명을 벗을 수 있었을 것이다. 그러나 그 당시에는 창조적 모방으로 간주될 수 있던 것이 오늘날은 분명히 표절이다. 도대체 무슨 변화가 일어났기에 그런 것일까? 한 가지 분명한 사실은 맥카퍼티가 17세기에 살았더라면 그녀의 주 수입원은 글쓰기가 아니었을 거라는 점이다. 그녀가 글을 썼다면 개인적으로 돌려볼 목적이거나 아니면 후원자를 위해 썼을 것이다. 그럴 때 누군가 다른 사람이 그녀의 작품의 사본을 하나 손에 넣게 되고 그것을 적당히 손을 보아 그만의 개인적인 목적으로 유통시켰다면 그녀에게 가해졌을 피해는 사소하거나 아예 없다고 볼 수 있다. 그러나 상황은 이제 완전히 바뀌었다. 비스와나탄은 '치크문학' 시장에 있어서 맥카퍼티의 중요한 경쟁자의 입장에 있기 때문이다. 만약 그녀의 표절이 신속하게 간파되지 않았다면, 맥카퍼티가 차지하고 있던 시장의 지분을 상당히 잠식했을 것임에 틀림없다. 말하자면 맥카퍼티의 작품을 이용하여 맥카퍼티에 저항한 셈이 되었을 것이다. 창조적 모방은 지적인 작품이 상품화된 현대 상업사회에서는 더 이상 셰익스피어의 시대가 누렸던 것과 같은 관용이나 긍정적인 함의로 받아들여질 수 없게 되었다.

우리는 즐거움을 줄 목적으로 글을 쓰는 사람들이 왜 '독창적'이고자 '원하는지'를 생각해봄으로써 셰익스피어의 베끼기에 대해서는 이해할 수도 있고 또 정상을 참작해줄 수도 있을 것 같다. 셰익스피어는 자신이 염두에 두고 있는 관객층의 수준에 따라 가능한 한 최상의 작품을 생산하고 싶어 했을 것이다. 이를 위해 셰익스피어는 다른 작가의 작품을 자신의 작품 속으로 엄청나게 베껴왔을 것이고, 그럼으로써 시간도 절약하고 더 많은 작품을 생산할 수 있게 되었을 것이다. 〔이것은 여전히 판결문의 위상과도 관계된다. 그래서 '판결의 표절(judicial plagiarism)'이라는 개념은 모

순어법이다.〕 독자는, 식당에서 음식을 먹는 사람이 음식의 독창성에 관심을 갖지 않는 것처럼, 독창성에는 별 관심이 없다. 작품이 주는 독서체험의 질에만 관심을 갖기 때문이다. 독창성이 중요해지는 경우는 오직 독서시장의 밀도가 높아지고 이제는 어지간한 것에는 심드렁해진 독자가 더 많은 재미를 원하게 되었을 때이다. 셰익스피어의 시대는 인쇄된 책이나 도서관의 장서가 수십만 권 이상인 시대가 아니었다. 선배들의 연극이 DVD로 출시된 것도 아니었다. 만약 셰익스피어가 새로운 「로미오와 줄리엣」을 썼다면, 그는 수십 년 전에 아서 브룩[54]이 쓴 설화시(narrative poem)를 훔쳐왔다는 이야기도 듣지 않았을 것이다. 혹은 브룩과 셰익스피어 모두 로미오와 줄리엣의 이야기를 오비드의 피라무스(Pyramus)와 티스베(Thisbe)[55] 이야기에서 가져왔다는 불평도 사지 않았을 것이다.〔참고로 셰익스피어는 피라무스와 티스베 이야기를 직접 '훔쳐' 「한여름 밤의 꿈」(A

---

54) Arthur Brooke(?~1563). 『로미오와 줄리엣의 비극』(*The Tragical Story of Romeo and Juliet*, 1562)이라는 작품으로만 알려진 영국의 시인.

55) 피라무스와 티스베는 오비드의 『변신』에 나오는 이야기이다. 지오반니 보카치오(Giovanni Boccaccio, 1313~1375)의 『데카메론』(*Decameron*, 1353)이나 지오프리 초서(Geoffrey Chaucer, 1343~1400)의 『선녀전설』(*The Legend of Good Women*, 1380~1386?)에도 이 이야기가 나온다.

Midsummer Night's Dream)의 극중극(劇中劇)을 만들었다.] 독창성에 대한 요구는 시간과 공간에 종속된 경제현상이다. 그러나 '독창성'이 무엇이냐의 문제는 여전히 더 따져봐야 할 문제다.

앞에서도 보았듯이, 여전히 많은 창조적 모방이 일어나고 있다. 저작권의 문제만 없다면 아마도 훨씬 더 많아질지도 모른다.('많아질 것이다'가 아니라 '많아질지도 모른다.' 왜냐하면 저작권 보호가 없다면 책을 쓰려는 작가의 수도 지금보다는 훨씬 줄어들 것이고 베끼기도 그만큼 적어질 것이기 때문이다.) 아무리 훌륭한 창조적 모방이라도 저작권자의 인내가 한계에 도달하는 그 지점을 넘어설 수 없다는 점이 바로 저작권의 효과이다. 만약 셰익스피어의 시대에도 저작권이 있었다면 다른 작가의 작품을 거의 흡사하게 베낀 사람은 저작권을 침해한 작가로 낙인 찍혔을 것이다. 더 이상 저작권의 보호를 받지 않는 작품(어떤 작품은 보호를 받아본 적 없다)으로 구성된 공적 영역은 저작권법의 문제로부터 자유롭기 때문에 모방작가가 마음대로 이용할 수 있는 영역이다. 그러나 저작권은 자유로운 창조적 모방의 영역을 제한함으로써 문학과 예술상품 및 다른 여타의 지식상품이 '독창적(original)'이지 않으면 진정으로 '창조적

(creative)' 이지 않다는 믿음을 단순히 반영하고 있다기보다
는 오히려 그러한 믿음을 만들어내고 있다고 보아야 할 것
이다. 이러한 믿음은 '베끼기' 란 원래부터 나쁘다는 불합리
한 생각에 기초하고 있다. 예컨대 '모방자(copycat)' 라는 말
은 이 단어의 근원이 된 어떤 행동—새끼고양이가 어미의
행동을 그대로 따라하는 행위—이 표절과는 무관함에도 불
구하고 경멸적으로 쓰이기까지 한다. 하지만 이러한 믿음이
표절에 대한 현대적 의미에 영향을 준 것은 분명하다.

V

우리는 시장의 힘이 독창성을 선호하고, 표절에 대한 엄격한 개념이 시장가치를 뒷받침해주는 시대에 살고 있다. 그렇다면 오늘날 표절의 '심각성'은 어느 정도일까? 이는 부분적으로 이 개념의 범주에 따라 달라질 것이기 때문에 우리는 결코 이를 확대해서 해석해서는 안 될 것이다. 창조적 모방은 셰익스피어의 시대보다는 좁게 해석되고 있지만, 표절은 아니다. 자기표절 또한 예외적인 경우를 제외한다면, 표절이 아니다. 특히 표절을 글의 차원에서 아이디어의 차원으로 확대하여 논의할 때는 많은 주의가 필요하다. 왜냐하면 아이디어의 복제는 그것을 표현하는 글이나 소리 혹은 이미지와 같은 특수한 형식을 베끼는 것과는 달리, 그것을 확산시키는 기능을 하기 때문이다. 남의 아이디어를 복제하는 데 허락이 필요하다거나, 아이디어의 출처를 잊어버렸거나 혹은 모르기 때문에 밝히지 않았다고 해서 자신이 몸담고 있는 전문 영역으로부터 쫓겨나야 하는 위험을 감수해야 한다면, 그 아이디어의 전파에 상당한 지장이 발생할 것이다.

우리는 또한 '표절행위에 대한 비난'을 직업적 자기선전을 위한 도구로 사용하지 않도록 주의해야 한다. 언론인들은 정확성에 있어서는 좋은 평판을 받지 못하고 있는 형편이다. 또한 포스트모던 역사가들은 극단적인 상대주의는 포용하면서도 객관적 사실에 대한 존중은 상실한 것은 아닌지 의심받고 있다.(앞으로 표절의 개념에 대해 의문을 제기하는 일부 포스트모던 학자에 대해서도 살펴볼 것이다.) 그래서 언론인이나 역사학자는 모두 표절과 위조에 대해 엄격한 태도를 견지하고 있다. 그럼으로써 그들은 대중에게 그들이 진실을 파헤치기 위해 진지하게 노력하고 있고, '땀의 지분(sweat equity)'[56]에 해당하는 이런 노력이 표절로부터 보호받아 마땅하다는 사실을 확신시켜주고 싶어 한다.

표절을 지나치게 넓게 해석할 경우, 표절이 불가피해지

는 밀집현상이 일어날 수도 있다. 독창적이고자 하는 욕망과 성공하고자 하는 욕망이 양립하지 못할 때도 있다. 출판사는 독자의 반응을 알 수 없기 때문에 전적으로 독창적인 작품을 찾는 것은 아니다. 사실상 아방가르드 작품은 대중의 기호보다 앞서기 때문에 상업적 성공을 거두기 어렵다. 그들은 새로운 작품이 기존의 작품과 흡사해서 시장에서 쉽게 수용될 수 있기를 바라는 동시에, 다양성을 추구하는 대중의 욕구를 충족시켜 줄 만큼 기존에 볼 수 없는 참신함을 갖춘 작품을 찾는다. 그러나 모방과 표절을 동일시하는 풍토 속에서 이러한 작품을 생산해내야 하는 작가들은 진퇴양난에 봉착해 있다. 창조적 모방은 고전시대나 르네상스의 유산만은 아니다. 오늘날의 시장도 이것을 요구하고 있다.

영화산업의 경우는 더욱 아슬아슬하다. 제작사는 일 년에 보통 서너 편의 영화만을 제작하지만 편당 제작비가 엄청나다. 실패의 위험과 그로 인한 비용부담이 너무 커서인지, 새로 제작되는 영화들은 정말 이상하리만치 기존의 유

---

56) sweat equity. 특정한 프로젝트에 관여하는 사람이 시간과 노력의 형태로 기여하는 행위를 두고 하는 말. 이는 돈으로 기여하는 '재정적 지분(financial equity)'에 대비되는 말이다.

명한 책이나 연극, 특히 상업적인 성공이 이미 증명된 예전 영화에 의존하는 경향이 크다. 그러다 보니 같은 작품을 리메이크(「29계단」[57], 「킹콩」, 「헨리 5세」)하고, 속편을 만들고, 성공적인 제작공식을 계속해서 반복하게 된다.

우리는 표절을 악의 없이 행한 모방과 혼동하지 않도록 주의를 기울여야 한다. 물론 '악의 없음'을 '무고의성'과 동일시해도 안 될 것이다. 부주의한 표절도 고의적인 표절과 마찬가지로 큰 피해를 줄 수 있기 때문이다. 법에는 '과실에 의한 부실표시(negligent misrepresentation)'와 '고의에 의한 부실표시(intentional misrepresentation)'의 개념이 있는데, 이 두 가지 경우는 모두 법적인 책임이 따른다. 물론 법에는 법적인 책임을 묻지 않는 '불가피적 사고(unavoidable accident)'라는 개념도 있다. 그러나 아무리 적절한 주의를 기울여도 표절의 혐의를 빠져 나오지 못할 만큼 그렇게까지 모방의 범주가 넓은 것은 아니다. 표절은 고의적일 수도 있고 태만에 의한 것일 수도 있지만, 그 수위

---

57) *The Twenty-Nine Steps.* 이는 필자의 착각인 듯하다. 이런 제목으로 리메이크된 영화는 없다. 다만 알프레드 히치콕(Alfred Hitchcock)의 「39계단」(*The Thirty-Nine Steps*, 1935)은 1978년 같은 제목으로 리메이크된 적이 있다.

가 지나친 경우 우리는 결코 그것이 불가피한 것이었다고 말할 수 없을 것이다.

고의냐 부주의냐의 차이에 따라 표절에 따르는 처벌의 수위도 달라진다. 어떤 종류의 표절은 추방이나 조롱 혹은 계약파기가 따르지만, 이보다 약한 제재를 받기도 한다. 여기에는 법리적인 유추해석도 큰 도움이 된다. 범죄를 얼마나 엄중하게 처벌할 것인지 결정하기 위해서 입법자와 판사는 범죄가 야기한 위해뿐만 아니라 범죄의 동기도 고려한다. 그런데 이는 부분적으로 범죄사실을 찾아내기가 얼마나 용이한가의 문제와도 관계가 있다. 범법사실을 탐지하기 어려우면 어려울수록 범법자는 혐의를 벗어날 가능성은 커질 것이고 따라서 범법의 동기도 더욱 커질 것이다. 그런데 범법의 동기가 커지면 커질수록 그런 범법행위를 막기 위해 처벌의 수위도 더 높아져야 한다.

학습의욕이 낮은 학생이든 높은 학생이든 간에, 표절의 혐의를 쉽게 벗어날 수 있고 덜미가 잡히더라도 처벌이 엄중하지 않다면, 이들은 표절에 대한 강한 동기를 갖게 될 것이다. 이와는 달리 표절작의 경우는 그것이 일단 출판이 되고 나면 표절 사실을 숨기기가 보통은 불가능하다.(일반적으로 그렇다는 말이지 전부 다 그런 건 아니다. 커쉬너 교수의 표절 사례를 떠올려보자. 표절로 피해를 본 학생이 혐의를 입증할 유일한 당사자였기 때문에 만일 그 학생이 고발하지 않았더라면 커쉬너의 표절은 드러나지 않았을 것이다.) 물론 교수가 학생보다 표절을 할 가능성이 더 낮다고 볼수 있는 이유가 이것만은 아니다. 학생들은 표절에 대한 강한 동기를 가지고 있는 반면 학자들은 거의 그렇지 않다는점이 또 다른 이유가 된다. 학자들은 좋은 글은 아니더라도(학계는 글쓰기가 얼마나 빼어난가를 보지는 않는다) 스스로 글쓰기를 요구하는 직업을 선택했다. 그들은 '작가의 벽(writer's block)'의 증세로 고통 받는 서툰 학생들과 다르다.

유명한 작가들이 섣불리 표절을 하지 못하는 까닭은 표절한 작품이 상업적으로 성공하면 할수록 들킬 위험도 커지기 때문이다. 그래서 성공은 양날을 가진 칼과 같다. 카비야비스와나탄의 표절이 포착된 이유는 그녀의 책 『오팔 메타』가 메건 맥카퍼티와 같은 독자층을 겨냥했기 때문이었다. 설령 일반 독자들이 표절 여부를 눈치 채지 못한다 해도, 맥카퍼티와 그녀의 출판사는 경쟁자가 될지도 모르는 유능한 신예작가의 글을 주의 깊게 읽어볼 것이기 때문에 곧 그 사실을 알게 되었을 것이다. 또한 표절 사실이 밝혀지면 그녀의 젊음, 하버드 대학과의 관계, 출판사와 맺은 계약금 등이 언론의 집중적인 관심을 받게 될 것이라는 사실도 확실했다. 이것은 사람들이 많이 다니는 사거리에 범죄자를 형틀에 묶어 놓던 형벌의 현대판이라 할 수 있다.

사람들이 표절을 곧 알아채게 되어 있었다는 사실을 두고 볼 때, 표절이 드러나자마자 비스와나탄에게 쏟아진 여론의 뭇매는 지나친 것이 아니었나 생각하는 사람도 있을 것이다. 그러나 이런 반응을 불러일으킨 원인 중의 하나는 들킬 게 뻔한 범죄(crime)를 저지른 비스와나탄의 뻔뻔스러움이었다. 비스와나탄은 현기증이 날 만큼의 커다란 성공과 갑작스럽고도 극심한 실패라는 스펙터클을 연출하면서 대중의 이목을 끌었다. 그러나 비스와나탄이 보여준 것은 스펙터클 이상이었다. 결과가 뻔히 보임에도 불구하고 표절의 충동을 참을 수 없는 사람을 경미한 처벌로 막을 수 있을 것 같지는 않다. 어쩌면 엄중한 처벌에 대한 위협으로도 비스와나탄을 막을 수는 없었을 것이다.

좀 더 많은 대학이 표절을 감시할 수 있는 아이패러다임스(iParadigms)사의 '턴잇인(Turnitin)'과 같은 소프트웨어 프로그램을 설치한다면 학생들의 표절을 줄일 수 있을 것이다. 미국뿐만 아니라 외국의 수많은 대학이 학생 일인당 연간 80센트 정도의 비용을 내고 라이센스를 얻어 이 프로그램을 사용하고 있다. 이 프로그램은 학생들의 과제물을 디지털화하여 턴잇인의 데이터베이스에 업로드시킨 다음 원본자료와 일치여부를 조사한다. 턴잇인의 데이터베이스는 각종 정보를 총망라하고 있다. 그 일부는 구글의 데이터베이스와 동일한 수준으로서, 지속적으로 업데이트되는 월드와이드웹의 완전한 복사본이다. 나머지는 웹상에 보관되어 있는 자료와 공개적으로 이용 가능한 다른 데이터베이스의 내용물 그리고 표절 여부를 검사를 받기 위해 보내진 학생들의 과제물로 이루어져 있다.

하버드와 같은 유수한 일부 대학은 턴잇인이나 다른 표절감시 프로그램을 사용하는 대신 표절의 해악을 깨닫도록 학생들을 훈계하고 있다. 이들의 발상은 순진하기 짝이 없다. 그런 대학의 학생들이 좀 처지는 대학의 학생들보다 평균적으로 더 나은 학습능력을 가지고 있는 건 분명한 사실이다. 그러나 운동특기생, 기부입학, 소수계 우대정책을 고려한다면 어느 대학도 전체 학생이 일률적으로 능력이 뛰어나고 동기부여가 잘 되어 있다고는 볼 수 없다. 또한 능력이 뛰어난 학생일수록 평범한 학생들보다 더 큰 성취욕을 가지고 있다. 야망이 표절을 부추길 수 있는 것이다. 물론 현명한 교수라면 과제의 특성을 적절히 부과하여 손쉽게 표절을 막을 수 있다. 이를테면 본질적으로 다른 두 명의 작가나 철학자〔호머(Homer)와 톰 클랜시(Tom Clancy), 기번(Gibbon)과 도리스 컨스 굿윈(Dorris Kearns Goodwin)〕를 비교한 글을 제출하라고 시킨다면, 기존 출판 자료를 통해서는 이들의 차이점을 찾아낼 수 없을 것이다. 물론 방금 든 예는 내가 논의를 진행하기 위해 한 말이기 때문에 실제 교육상으로는 다소 부적절한 것일 수 있다.

턴잇인의 홈페이지를 보면, "(표절검사를 위해) 제출된 모든 과제물은 '독창성 통지표(Originality Report)'의 형태로 (고객에게) 회송됩니다. 결과는 현재 인터넷 상에 존재하는 자료와 이전에 제출된 학생들의 과제물, 그리고 잡지기사와 정기간행물을 모아 놓은 상업적 데이터베이스를 바탕으로 합니다"라는 설명이 나와 있다. 통지표에는 '전반적 유사성 지표(Overall Similarity Index)'가 표시되는데, 출처를 표시하지 않은 베끼기의 양이 어느 정도일 때 징계를 하느냐의 여부는 전적으로 대학의 원칙에 따른다.

턴잇인의 검색은 기계적 단순함에서 발생하는 많은 오류로 인해 유용하지 않을 수도 있다. 우리가 일상적으로 사용하는 단어로 구성된 짧은 구문〔예를 들어, '다음날(on the next day)'〕은 베끼지 않더라도 여러 문서에서 흔히 사용될 수 있기 때문이다. 그러나 턴잇인은 서로 다른 둘 이상의 저자가 독립적으로 썼다고 도저히 볼 수 없는 정도로 지나치게 긴 구절이 일치하는 경우가 아니라면 표절의 가능 여부를 '경고' 하지 않는다. 일단 그와 같은 동일한 구절이 발견되면 턴잇인은 문제의 구절 주변에 있는 좀 더 짧은 다른 구절을 조사하게 된다. 따라서 표절자가 단순히 단어 몇 개를 바꾼다고 해서 이 프로그램의 감시를 피할 수는 없다. 그러나 인용부호를 사용하지 않고 '들여 쓴 인용문(indented citation)' 을 표절로 처리하는 오류가 발생할 수도 있고, 분명한 표절임에도 불구하고 이를 가려내지 못하는 오류도 있을 수 있다. 후자의 예로서 앞서 내가 인용한 비스와나탄의 너무나 명백한 맥카퍼티 표절이 음성으로 나타난 사례를 들 수 있다. 비스와나탄이 단어마다 조금씩 변화를 주는 바람에 동일한 구절의 길이가 아주 짧게 나타나 턴잇인은 이를 표절로 인식하지 못했던 것이다.

저작권이 있는 도서 중 극히 일부만이 대중적으로 이용 가능한 전자 데이터베이스 상에 자료가 구축되어 있어서, 이를 표절하는 학생을 턴잇인으로 잡아내는 것이 불가능해 보일 수도 있다. 그러나 책에서 발췌한 인용문은 웹에서나

(예를 들어 온라인 상에 게재된 서평처럼) 턴잇인 데이터베이스에 보관되어 있는, 이전에 제출된 학생들의 과제물에서 발견될 수 있다. 따라서 이러한 인용문이 인용부호 없이 나타나게 된다면 표절로 적발될 것이다.

턴잇인과 같은 프로그램은 출시된 지 불과 몇 년밖에 되지 않았다. 그래서 비스와나탄의 표절로 인해 리틀 브라운사가 직면해야 했던 사태로부터 자신을 보호하기 위해 이런 프로그램을 사용하고 있는 출판사는 아직은 별로 없다. 아마도 어떤 출판사는 자신이 표절된 책을 출판하고 있다는 사실을 알고 싶지 않을지도 모른다. 표절을 통해 책이 좋아질 수도 있고, 출판이 완료될 때까지 표절이 드러나지 않을 수도 있다. 저작권 침해로 인한 피해는 증명하기 어렵지만, 만약 출판사가 표절 사실을 '알면서도' 출판한다면 위반에 따른 손해배상을 해야 될 것이기 때문에 차라리 모르는 편이 낫다는 것이다. 리틀 브라운사가 비스와나탄 사건으로 인해 견뎌야 했던 타격을 고려해본다면, 대부분의 출판업자는 머지않아 턴잇인이나 유사 프로그램을 사용할 것으로 보인다. 우리는 표절의 황혼기를 맞이하고 있는지도 모른다.

이보다는 덜 심각한 형태의 표절행위 가운데 하나는 대중적인 인지도가 있는 작가가 대중을 대상으로 한 것도 아니고 시장에서도 그 가치를 인정받지 못한 어떤 특정한 작품을 베낀다는 사실은 인정하지만 인용부호와 각주 표시 없이 베끼는 경우이다. 어느 대중적인 역사가가 출판 의도가 없는 어느 대학의 역사학자가 쓴 학술 논문에서 몇 구절을 베낌으로써 역사의 대중화에 기여했다고 가정해보자. 그 역사가는 베낀 구절을 자신의 글에 자연스럽게 들어맞도록 하기 위해 분명 손을 볼 것이고, 이런 과정에서 인용부호를 사용하지 못하게 될 것이다. 설령 액면 그대로 인용을 한다 해도 인용부호를 붙일 경우 독자의 입장에서는 오히려 혼란스럽기만 할 것이기 때문에 발췌자는 인용부호의 사용을 피하고 싶어 할 것이다. 표절을 당한 측도 피해를 보지는 않을 것이다. 오히려(차용한 사실을 인정한 점이 중요하다) 인기작이 자신의 글을 발췌했다는 이유로 대중의 주목을 받고 나아가 자신의 책을 찾는 독자가 늘어날 수도 있다.

이는 창조적 모방의 또 다른 사례로 볼 수 있을 것 같다. 대중역사가는 자신이 책에 기술한 역사적 사건의 최초 발견자라거나 해설가라고 주장하지 않을 것이기 때문에, 독창적인 다른 저자의 글을 전유한다고 해서 그의 글에 독창성의 명예까지 따라오지는 못할 것이다. 이는 분명 독창성을 기준으로 평가받는 학생이나 교수 그리고 언론인이 무단으로 베끼는 것과는 분명히 다르다. 왜냐하면 이 사람들은 새로운 생각이나 독특한 표현양식을 통해서 독창성을 드러내거나 아니면 언론인과 대다수의 과학자, 역사학자들처럼 이전에 잘 알려지지 않았던 사실을 찾아내고 새로운 통찰을 보여줄 때 독창성을 확보할 것이기 때문이다.

이제 도리스 컨스 굿윈이 케네디가(家)를 다룬 자신의 책 서문에서 한 말을 떠올려보자. "나는 이 분야에서 먼저 책을 낸 린 맥태거트(Lynne McTaggart)의 저술 내용을 폭넓게 인용할 것이지만, 서술의 흐름을 방해하고 독자의 시선을 산만하게 하는 인용부호 없이 인용할 것이다." 만약 맥태거트가 아직 저작권을 갖고 있다거나 혹은 굿윈에게 인용해도 좋다는 허락을 해주지 않았다면 이 말은 저작권 침해에 대한 고백에 해당한다. 그러나 나는 이것을 표절이라고 불러야 할지 망설여진다.(굿윈은 맥태거트의 저서를 참조했음을 각주에 밝혔지만, 아이디어를 원본에서 가져왔다는 사실을 말할 뿐 원본의 어느 구절을 베낀 것인지는 밝히지 않고 있다.)

VI

사람들은 어떤 동기에서 표절을 하게 되는가? 또 그 방식이 처벌이든 정상참작이든 간에 왜 대중은 이에 반응하는 것일까? 학생들이 저지르는 표절에 대한 대답은 간단하다. 시간을 아끼거나 더 나은 학점을 받거나 혹은 둘 다를 위해 표절을 한다. 그러나 표절이 그들의 학습과 평가에 미치는 영향이 크기 때문에 처벌 또한 그만큼 엄중하다. 교수의 표절에 대한 처벌은 커쉬너의 사례에서 보듯이(트라이브와 오글트리도 마찬가지다) 학생보다 가볍다. 이는 출판되지 않는 학생의 과제물보다 정식으로 출판되는 저작물 상의 표절이 표절 여부를 가려내기가 더 쉽기 때문이다(예외가 없는 건 아니지만, 드러나기 쉬운 죄일수록 그 행위를 금하는 처벌은 가벼워진다). 또 교수의 처벌이 가벼운 것은 교수들이 일반 학생보다는 같은 교수에게 동질감을 더 느끼기 때문이다.("재수 없으면 나도 저렇게 되는 거지!") 우리는 우리와 비슷한 처지에 있고 그래서 쉽게 공감할 수 있는 악인에 대해서는 덜 가혹하게 판단한다. 결과적으로 이중적인 이러한 기준은 학생들을 분노케 하고 상업적인 시장보다 높은 도덕적 기준을 준수하고 있다고 주장하는 학계의 말에 대해 냉소적인 반응을 불러일으킨다. 그러나 표절을 한 학생이 별반 가치가 없는 결과물을 생산해내는 반면, 아이디어 혹은 작은 글귀라도 표절한 교수가 더 나은 결과물을 보여주기도 한다. 그럼에도 불구하고 표절하는 교수는 학생들에게 부정적인 모델로 작용할 것이고 나아가 교수에게는 나이만큼 더 높은 도덕적 사고가 기대된다는 점을 고려할 때, 이러한 효과(커쉬너의 경우에는 이것마저도 없었다)는 고려대상이 아니다.

그러나 출판물 상의 표절은 의도적으로 범한 도둑질이라기보다는 긴장이 풀린 나머지 저지른 바보스런 죄라는 인식도 있다. 작품이 성공적이면 성공적일수록 표절은 더욱 더 바보스러워 보인다. 도리스 컨스 굿원은 유능한 저술가이기 때문에 그 책이 성공한 것이 전적으로 케네디가에 대한 표절에 힘입었다고 보기는 어렵다. 대중적인 역사학자 스티븐 앰브로즈(Stephen Ambrose)의 사례는 이보다 훨씬 더 복잡하다. 앰브로즈의 표절은 정도가 너무 심해서, 만약 표절을 하지 않았다면 실제 앰브로즈가 쓴 책의 수는 훨씬 줄어들었을 것이다.(카비야 비스와나탄의 표절도 너무 광범위해서 표절된 부분이 없었다면 과연 그 책이 성공작이 되었을지 의심스럽다.) 굿윈과 앰브로즈의 책은 많은 독자들이 읽었기 때문에 표절도 쉽게 포착되었다. 두 경우는 모두 표절이 다소 뒤늦게 적발되었다. 그러나 작가가 표절을 통해 기대할 수 있는 이익은 불명예로 인해 입게 될 손실에 비하면 하찮은 것이다(한번 표절이 드러나고 나면 다음에도 표절이 드러날 수 있는 가능성 때문에 손실은 더 커질 것이다). 굿윈 같은 작가조차도 표절로 인한 상처는 오래 갈 것이다. 출처를 인정하고 인용부호를 적절히 사용하면, 혹은 패러프레이즈만 세심하게 잘해도 베끼기의 혜택을 누릴 수 있을 뿐만 아니라 다시 써야 하는 부담도 없이 표절자의 혐의를 벗을 수 있다. 이런 사실을 염두에 두고 보면, 표절을 통해 벌어들이는 수익은 별로 없다.

현실적으로 전문작가에 대한 처벌은 가벼운 편이다. 이

것이 표절자를 옹호하려는 사람들이 항상 존재하게 되는 부분적인 이유일 것이다. 작가로서 훌륭한 업적을 이루기 전에 표절이 들통 난 비스와나탄은 지지자가 거의 없었다. 그러나 굿윈, 앰브로즈, 진보 사학자 필립 포너(Philip Foner), 마틴 루터 킹 목사, 그리고 이외의 다른 유명인사들은 많은 지지자가 있었다.

굿윈은 결코 운에만 모든 것을 내맡기지 않았다. 정치 컨설턴트 로버트 쉬럼(Robert Shrum)을 고용하여 미디어를 동원한 지원을 얻고자 했다. 로렌스 트라이브는 굿윈의 표절이─자신이 저지른 것과 마찬가지로!─순간적인 부주의(그런 판단을 내릴 근거가 있는 것도 아니었지만) 때문이었다고 재빨리 옹호하고 나섰다. 아서 슐레진저 주니어(Arthur Schlesinger Jr.)를 필두로 한 일단의 저명한 역사학자들은 굿윈이 "사기나 표절을 한 적도 없고, 하고 있지도 않다. 사실상 그녀의 인품과 저서는 고도의 도덕적 고결성의 상징"이라고 잘라 말하는 공개서한을 『뉴욕타임즈』에 보냈다. 그러나 굿윈은 자신이 여러 사람의 작품에서 '부주의한' 베끼기를 했다고 시인했다. 그녀는 다른 작품의 구절을 자기 손으로 옮겨놓은 사실을 까마득히 잊어버리고서 자신의 메모로 오인했다는 터무니없는 변명을 했다. 그녀는 마치 자신의 글과 다른 사람의 글이 문체상 아무런 차이도 없다는 듯이 말한 것이다. 게다가, 그녀는 '고백하는' 순간에도 표절이 광범위하게 이루어진 사실을 인정하지 않았고, 저작권 침해와 관련한 법적 분쟁을 해결하기 위해 미확인된 액수의 금액을 린 맥태거트에게 지불한 사실을 인정하지 않았다.

표절에 대해 대단히 비판적이기 마련인 전문 역사가들이 그녀의 행동이 고의가 '아니었을 수'(믿기 힘들지만) 있다는 이유만으로 이미 들통이 난 표절자를 도덕적 모범으로 선언한 것은 참으로 놀라운 일이 아닐 수 없다. 그들은 분명히 미국역사학회의 경고를 망각하고 있었음에 틀림없다. 굿윈과 같은 사안을 염두에 두고 작성되었을 가능성도 있는 이 경고는 다음과 같다. "표절자의 통상적인 옹호논리—표절자가 급히 인용한 불완전한 메모로 인해 저지른 실수라는 말—도 표절작을 광범위하게 관용하는 환경 하에서만 가능하다."

앞으로 보게 되겠지만, 굿윈이 놀라울 정도로 빨리 명예를 회복하는 데는 정치가 결정적인 역할을 한 것처럼 보인다. 정치에 대해 말하자면, 표절에 대해 이중적인 반응이 일어나는 이유 중의 하나로 필자는 미국의 지식인 집단을 지배하는 좌파가 표절에 관대하기 때문이라고 말하고 싶다.

불평등과 '소유적 개인주의(즉, 자본주의)'를 찬양하는 것처럼 보이는 천재성, 개인의 창의성, 그리고 작가의 명성과 같은 개념은 좌파를 불편하게 한다. 데보라 홀버트(Debora Halbert)는 "페미니스트와 포스트모더니스트에게 전유 혹은 표절은 남성적인 창조와 지적 재산권에 빚지고 있는 기존의 앎의 방식 즉, 지적 양식에 대한 저항 행위"라고 주장한다. '해방적 교육학(liberatory pedagogy)'의 실천가인 레베카 무어 하워드(Rebecca Moore Howard)는 '패치라이팅(patchwriting)' 즉, '원문에서 몇 개의 단어를 삭제하고, 문법구조를 바꾸고, 다른 동의어로 바꿔 쓰는 방식을 통한 베끼기'를 한 학생을 처벌해서는 안 된다고 믿는다. 맥카퍼티를 표절한 비스와나탄은 하워드가 말하는 '패치라이팅'에 꼭 들어맞는다.

정치적 신념이 강한 지식인들은 오늘날의 미국문화에 독창성이나 창의성의 개념을 적용하는 것을 비웃는 경향이 있다. 맥카퍼티가 쓴 '치크문학' 소설이 이를 표절한 사람을 파문할 만큼 그렇게 가치 있는 업적일까? 그러나 상표권 침해를 금하는 규범이 문화적 우월의 지표가 아니듯이 표절에 반대하는 규범 역시 마찬가지이다. 비스와나탄의 표절은 자신이 만든 제품이 유명브랜드와 품질에서 큰 차이가 없다고 해서 그 브랜드를 몰래 갖다 붙인 치약 제조업자 못지않게―혹은 마찬가지로―비난받아 마땅하다.

우리는 '독창성'과 '창의성'을 구별할 필요가 있다. 이때 '창의성'의 개념에 수반하는 규범적 함의를 '독창성'의 개념에서 떼어낼 필요도 있다. 요컨대 독창적인 작품이란 기존의 작품과 다른 요소를 충분히 가지고 있어서 서로 혼동을 일으키지 않는 경우를 일컫는다. 심미적인 측면에서는 이런 작품이 창작의 가치가 전혀 없을 수도 있다. 즉, 창의력이 없는 엉터리로 보일지도 모를 일이다. 그러나 현대의 상업사회에서는 시장의 틈새를 메우는 것이라면 어떤 것이든, 설사 그것이 아무리 사소한 것이라 해도, 가치가 있다. 그런데 표절은 그 가치를 떨어뜨린다. 턴잇인의 '독창성 통지표(Originality Report)'에 사용되는 '독창성' 개념이 창의성과 같은 의미라면 극소수 학생의 과제만이 독창적일 수 있게 되겠지만, 그렇다고 독창적이지 못한 학생의 과제물 전부가 표절일 수는 없다. 출판사가 어떤 책을 그 저자의 이름으로 재출판하는 것은 출처를 밝힌 복제에 해당한다. 이 작업은 전적으로 독창적이지 않음에도 불구하고 표절이 아니다.

이를 뒤집어 말하자면, 저자를 인정함으로써 표절의 혐의는 벗을 수는 있겠지만(물론 저작권 침해의 혐의까지 벗을 수는 없다) 그것만으로 독창성이 확립되지는 않는다. 표절이 아니라고 인정을 받는다 해도 그것이 칭찬은 아니다.

무의식적 표절은 고의가 아니라 태만에 따른 과실(sin of neglect)이라서 비난을 덜 받는다. 이런 까닭에 표절자는 들통이 나면 그것이 무의식적인 실수라고 잡아떼기 일쑤이다. 비스와나탄은 줄기차게 이런 변명으로 일관했다. 심지어는 무의식적 표절을 지칭하는 '잠복 기억(cryptomnesia)' 이라는 말까지 등장했다. 즉, 다른 사람의 책을 읽고 난 뒤 읽은 사실은 기억 못하고 읽은 내용만 기억한다는 것이다. 이 현상을 면밀하게 조사한 심리학자들은, 누군가가 다른 사람이 쓴 글의 구절은 암기할 수 있지만 그것이 자신의 것이라고 믿을 수 있는 증거는 어디에도 없다고 결론 내렸다. 다시 말해, 사진을 찍듯이 읽은 행위는 망각한 채 사진처럼 정확한 기억만 남을 수 있는 증거는 없다는 것이다.

글의 일부가 자신도 모르게 표절되었다는 변명은 '감수된(managed)' 책으로 인정되는 경우에만 신빙성이 있다. '감수된' 책이란 편집자에 준하는 명목상의 저자가 책의 목적에 맞춰 자신의 연구조교와 같은 사람을 고용하여 글을 쓰게 하고 이를 모은 경우이다. '피고용자' 가 표절을 할 경우 명목상의 저자는 이를 찾아내지 못할 수도 있다. '감수된' 책은 저자가 아무리 주의한다 해도, 그 성격상 근원적으로 표절작에 가까울 수 있다. 그러나 감수자가 본인의 책이 편집된 책이라고 인정하거나 여하한 방법을 통해 독자에게 그런 사실을 알릴 경우 표절을 피할 수는 있다. (물론 오글트리의 경우는 여기에도 해당하지 않는다.) 법학서적과 초중등교재는 전부는 아니더라도 상당수가 감수서이기 때문에, 편집자가 자신의 역할을 밝히는 것이 독자에게 큰 배려가 될 수 있을 것이다. 그러나 그렇지 못한 것이 현실이다.

피터 폴 루벤스(Peter Paul Rubens)는 많은 조수를 데리고 자신의 감독 하에 미술작업을 했다. 루벤스가 살던 시대의(물론 그 이전부터) 성공한 일부 화가는 조수를 고용하여 자신이 한 스케치에 색을 입히는 작업을 시킨다거나 그림에 부차적인 부분 예컨대, 손과 같은 부위를 그리게 했다. 이 조수는 완성된 그림에 서명을 남길 수 없었고, 오직 대가만이 서명을 했다. 그러나 그림을 구매하는 사람들이 이러한 풍토를 잘 알고 있었기 때문에 표절로 간주하지 않았다.

무의식적 표절이라는 개념은 다른 사람의 글보다는 아이디어나 곡조를 출처를 밝히지 않고 베낀 경우에 적합한 변명일 것 같다. 어떤 아이디어나 짧은 곡조는 기억할 수 있지만 출처가 기억나지 않는 경우가 흔하기 때문이다. 게다가 그 아이디어가 자신의 분야와 관련된 것이거나 자신이 음악가일 경우, 그것을 자신의 독창적인 산물로 생각하게 될 수도 있다. 또한 아이디어란 문장으로 확정된 것이 아니기 때문에, 새로운 아이디어가 기존의 아이디어와 어느 정도 유사해야 표절로 분류될 수 있을지 불분명하다. 이는 패러프레이즈와도 유사한 면이 있다. 패러프레이즈도 어떤 차원에서는 베끼기가 아니기 때문이다. 그러나 패러프레이즈는 원문과의 유사성을 파악하기 위해 한 단어씩 비교하는 작업이 가능하지만, 아이디어는 이런 작업이 불가능하다. 왜냐하면 아이디어는 여러 가지로 다르게 표현될 수 있기 때문이다. 일반적인 관점에서 볼 때, 진정 새로운 아이디어란 없다. 데모크리토스(Democritus)는 예수 탄생 이전에 이미 원자론을 창안했고, 사모스(Samos)의 천문학자 아리스타르코스(Aristarchus)는 지구가 태양을 공전하고 있다는 사실을 코페르니쿠스(Copernicus)가 재발견하기 천 년 전에 이미 알아내었다. 잠복기억을 연구하는 심리학 연구에 따르면, 사람은 다른 사람의 아이디어를 발전시켜 좀 더 정교하게 만드는 과정을 거치다보면 그 아이디어가 자신의 독창성에서 나왔다고 믿게 된다는 사실을 밝혀냈다.

글의 구절, 음악적 모티프, 회화의 표절과 아이디어의 표절을 구분 짓는 가장 중요한 특징은 기존의 아이디어가 누군가에 의해 이미 발견된 사실을 모르는 사람에 의해서 지속적으로 재발견되고 있다는 사실이다. 이것은 아이디어를 베끼는 행위가 결코 표절이 아니라는 사실을 암시해준다. 새로운 발견이나 발명이 동시에 일어나는 경우도 흔하다. 라이프니츠(Leibniz)와 뉴턴(Newton)의 미적분이론이나 다윈(Darwin)과 월리스(Wallace)의 진화론이 이에 해당한다. 재발견한 사람이나 서로 상관없이 따로 발견한 사람은 베낀 것이 아니기 때문에 표절자가 아니다. 간혹 어떤 사실을 재발견한 사람이, 자신이 독창적이라고 믿었던 아이디어가 다른 사람의 것이었다는 사실을 사전에 충분히 조사하지 않았다는 이유로 비난을 받는 것도 현실이다. 특히 애초의 발견자가 생존해 있는 경우 이런 부주의는 위법한 행동으로 오해받을 수도 있고, 애초의 발견자에게 피해를 줄 수도 있다. 그러나 엄격한 의미에서 이것은 베끼기가 아니기 때문에 분명히 표절은 아니다.

아이디어를 무심코 표절하거나 불순한 의도 없이 재발견하는 것이 언제든 가능할 뿐만 아니라 이와 관계된 표절의 기준이 매우 모호하기 때문에(아이디어를 어느 선까지 활용해야 표절로 간주하지 않을 수 있는가?), 아이디어를 의도적으로 표절하는 일은 정말로 빈번하게 일어난다. 고의가 아니었다고 발뺌하면 표절의 혐의에서 쉽게 벗어날 수 있기 때문이다. 학자들은 통상 독창성을 과장하지만 표절로 비난받지 않는다. 그들의 과장된 독창성은 "선행연구가 있다"라는 애매한 말로 용서된다. 이러한 얼버무림은 원저자를 인식하지 못해서 일어나는 순수한 재발견에만 한정되지 않는다. 어느 저명한 학자가 연구를 수행하는 도중 자신이 제창하는 '독창적' 아이디어가 이미 훨씬 이전에 제기되어 있었다는 사실이 밝혀지면, 그는 자신의 연구가 표절이 아니라 다만 선행연구가 있는 케이스라고 말한다. 그는 선행연구자의 연구를 요행수에 의한 발견이고 설익은 연구—즉, (데모크리토스와 아리스타르코스의 경우처럼) 세상 사람들이 활용할 준비가 되어 있지 않거나 활용할 능력이 없던 시대에 나온 연구—라고 무시하며 선행연구자가 기여한 몫도 폄하하기 마련이다. 독창성을 중요시하는 문화권의 학자들은 대개가 그럴 수만 있다면 가능한 한 선배를 인정하지 않으려 한다.

지금까지 우리가 살펴본 '아이디어'라는 개념이 문학의 경우 과학이나 역사와는 상당히 다른 면이 있는 것도 사실이지만, 문학작품에서도 아이디어의 표절이 일어날 수 있다. 마이클 마(Michael Maar)는 최근 저서에서, 블라디미르 나보코프의 소설 『롤리타』(*Lolita*)가 그보다 몇 년 앞서 출간된 독일 작가 하인즈 폰 에쉬베게(Heinz von Eschwege)의 동명의 단편소설을 표절한 것은 아닌지 의심한다. 실제로 나보코프는 에쉬베게와 몇 년간 베를린의 같은 지역에서 살았다. 소설의 구절이 일치하는 경우는 없지만 제목이 같을 뿐만 아니라, 나보코프의 여주인공 롤리타(Lolita)처럼 에쉬베게의 여주인공 역시 소설의 제목으로 사용되고 있다. 이들 여주인공은 모두 일인칭 화자로서 험버트 험버트(Humbert Humbert)와 같은 중년 남자가 사랑에 빠지는 성적으로 조숙한 어린 소녀로 묘사되고 있다. 이들 작품에서 남녀 주인공은 모두 물가에 위치한 하숙집(비록 에쉬베게의 소설에서는 지중해이고 나보코프의 소설은 호수이긴 하지만)에서 만나게 되고, 여자가 남자를 유혹하고, 이로 인해 비난받고, 결국에는 죽는다. 물론 팜므 파탈[58]은 너무나 흔한 문학적 모티프이다. 이런 모티프는 표절이나 저작권 침해의 의혹을 받지 않고 베낄 수 있는 문학적 아이디어의 전

---

58) femme fatale. 요부(妖婦). 대단히 악마적인 매력으로 남자를 유혹하여 위험한 상황에 빠뜨리는 유형의 여성인물을 가리키는 문학용어.

형이다. 에쉬베게의 롤리타는 나보코프의 롤리타와 달리 어리지만 어린애는 아니다. 그러나 주요 등장인물의 이름이 동일하다는 사실로 볼 때, 우연의 일치라고 보기는 어렵다.

나보코프는 에쉬베게의 단편을 읽어봤거나 소설의 내용에 대해 들었다가 그 사실을 까맣게 잊어버렸을 수 있다. 혹은 뚜렷이 기억하고 있었지만 에쉬베게가 대표적인 나치 언론인이었기 때문에 자신이 빚진 것을 숨겼을지도 모른다. 혹은 에쉬베게의 이름을 밝히게 되면 의심받게 될 표절의 의혹을 두려워했을 수도 있다. 그러나 어느 쪽이든 아무 문제가 없다. 에쉬베게는 나보코프의 『롤리타』가 출간된 시점에 이미 죽은 사람이었다. 또 나보코프의 소설은 에쉬베게에게서 얻은 아이디어를 더욱 정교하게 발전시켰기 때문에 (에쉬베게의 단편은 고작 13페이지에 불과했다) 창조적 모방에 해당한다. 그의 베끼기가 고의였다고 해도, 셰익스피어의 베끼기가 표절이 아닌 것처럼 표절이 아니다. 좀 더 적당한 비유를 들어보면, 창세기에 나오는 에덴동산 이야기를 정교하게 다듬어 완성한 밀턴(Milton)의 『실낙원』(*Paradise Lost*)이 표절이 아닌 것과 같다.

그렇다면 1995년에 출판된 이탈리아 작가 피아 페라(Pia Pera)의 소설 『롤리타의 일기』(*Diario di Lo*)는 어떠한가? 명백히 나보코프의 『롤리타』를 흉내 내고 있는 이 소설은 전작의 내용을 되풀이하고 있지만, 서술의 시점을 롤리타에 두고 있다. 세부 줄거리나 어휘 사용에서 볼 때 소설의 3분의 2가 원작의 틀을 그대로 유지하고 있는 것은 사실이지만, 나머지는 험버트를 만나기 전과 그를 떠난 후의 롤리타의 생활을 묘사하고 있다(『롤리타의 일기』에서 롤리타는 죽지도 않는다). 『롤리타의 일기』의 영문판이 출판될 계획이라는 소식을 접한 나보코프의 상속인은 저작권 침해로 소송을 제기했다(이 소송은 법정 밖에서 해결되었다). 이 소설은 분명 『롤리타』로부터 파생된 작품이긴 하지만 베끼기가 허용되는 패러디로 볼 수 없다. 『롤리타』를 비판적으로 그린 작품이 아니기 때문이다. 그렇지만 표절도 아니다. 『롤리타』가 원작임을 감추지 않을 뿐만 아니라 오히려 그것을 전면에 내세우고 있기 때문이다. 게다가 이 소설을 나보코프의 작품처럼 보이려고 한 시도도 없었다. 나보코프는 『롤리타의 일기』가 완성되기 전에 사망했지만 페라는 자신의 글을 나보코프의 미발굴 원고인 것처럼 꾸미지도 않았다.

셰익스피어의 시대였다면 『롤리타의 일기』는 창조적 모방의 훌륭한 결과물로 받아들여졌을지도 모른다. '독창성'의 표현 양식이 바뀌게 되면서 저작권자가 인정하지 않은 이러한 모방은 비난을 사고 있다. 원작을 밝힌다고 해서 저작권 침해가 허용되는 것은 아니라는 사실을 우리는 잘 안다. 그러나 표절을 무조건 저작권 침해라고 부풀려서도 곤란할 것이다.

VII

이제 정리를 해보자. 표절은 일종의 지적 사기(intellectual fraud)이다. 이는 불법적인 베끼기 행위인데도 표절자는 베낀 내용을 (직접적이든, 간접적이든, 혹은 고의이든 고의가 아니든) 자신의 독창적인 노력인 양 주장한다. 만약 독자들이 진상을 안다면 그들의 행동은 달라질 것이다. 표절자의 책을 독창적인 결과물로 착각한 채 구매하는 독자들이 보여주는, 이렇게 방향이 뒤바뀐 행동은 표절을 당한 작가나 표절자의 경쟁자에게 피해를 줄 수 있다. 물론 학생들의 경우처럼 출판되지 않는 표절도 있다. 이러한 사기는(논문을 학생이 훔친 것이 아니라 구매했을 경우) 우선적으로 교수를 대상으로 한다. 그러나 이러한 행위의 가장 주된 희생자는 표절작가와 경쟁하는 다른 작가의 경우와 마찬가지로, 표절을 한 학생의 경쟁 학생들이다.

대부분의 작가, 교수, 언론인, 학자, 심지어 일반 대중까지도 표절을 중대한 지적 범죄라고 여기고 있다. 소설가 제임스 하인스(James Hynes)는 『주문을 외우며』(*Casting the Runes*)에서 표절을 풍자하고 있다. 여기서 어떤 표절자는 마법의 힘을 빌려 자신이 표절한 역사학자들 가운데 한 명을 살해한 다음 또 다른 사람을 죽이려고 계획을 꾸미던 중 결국 살해당한 역사학자의 부인이 부리는 똑같은 마법에 의해 죽음을 당한다. 표절 행위가 적발되면, 그 결과가 외부 요인에 따라 조금씩 달라질 수는 있겠지만, 대체로 정치인은 경력에 치명적인 오점을 남기게 되고, 학생은 제적을 당하게 되며, 작가, 학자, 또는 언론인은 불명예를 안게 된다. 도리스 굿윈은 유명한 진보적 지식인이었기 때문에 보수주의 잡지(『위클리 스탠다드』)에 의해 표절을 폭로당했고 동료 진보지식인들이 대대적으로 옹호해준 덕분에 간신히 살아남을 수 있었다. 이런 이유로 표절 시비는 정치 투쟁으로 이해되곤 한다. 상원의원 바이든이 상대방 대선후보인 마이클 듀카키스(Michael Dukakis)의 선거운동 참모에 의해 표절이 폭로되면서 슬픔을 맛보아야 했던 것처럼, 비록 정치적 이해관계로 자신의 잘못이 줄어들 수는 없겠지만 굿원 또한 정치적 희생양이라고 할 수 있다.

표절 문제는 지나친 비난이나 형식적인 사과가 아닌 냉정한 평가를 필요로 한다. 표절과 관련된 독특한 관행을 표절이라는 이름으로 일률적으로 다루려는 충동을 억제하고 차이를 구별할 필요가 있다. 예컨대 '자기표절'은 표절과 다르기 때문에 못마땅하게만 생각할 필요가 없다. 표절의 개념이 모호하다는 점을 인식하고 중간지대가 있을 수 있다는 사실도 인정해야만 한다. 창조적 모방에 의해 가치가 만들어지는 표절의 중간지대는 표절에 대한 판단을 조심스럽게 한다. 모방이 원작보다 더 위대한 가치를 생산해낼 수 있기 때문이다. 우리가 표절을 상대주의적인 용어로 이해해야 하는 것처럼 '독창성'도 상대주의적인 개념으로 이해되어야만 한다. 이렇게 보면 독창성은 차이를 의미할 뿐 반드시 창의성을 의미하지는 않는다. 현대 상업주의 사회에서는 고급문화와는 무관한 경제적인 이유 때문에 개성이라는 도장을 육체적·정신적 상품에다 찍어대고 있다. 그 결과 표절이라는 판결이 표절된 원작의 질과 표절한 모방작의 가치와는 무관하게 내려지고 있다.

오늘날 미국사회에서 벌어지고 있는 표절에 대한 반응이 좀 더 신중할 필요가 있어야 한다는 데 목적을 두고 표절에 대한 중요한 주제를 간략하게나마 살펴보았다. 나는 '문학적 도둑질'이라는 표절의 개념에 이의를 제기하였다. 그리고 표절을 정의하고 그 경중에 따라 여러 가지 유형의 표절을 구분하기 위한 핵심개념으로서 신뢰, 인지가능성, 예술 표현물에 대한 시장의 범위를 강조했다. 또 표절의 다양한 형태를 살펴보았고, 기존의 비공식적 재제가 타당함을 주장했으며, 저작권법에 있는 '정당한 사용'의 조항이 표절자를 보호하는 일이 없도록 해야 한다고 지적했다. 표절과 상표권 침해의 유사성(표절의 현대적 개념이 시장가치와 결부되어 있음을 보여주는 증거)에 대해서도 알아보았고, 표절을 시도하려는 사람들에게는 디지털화하는 기술의 진보로 인해 표절이 쉽게 발각될 것이라는 사실도 경고하였다.

보론

윤리적 글쓰기의
가이드라인

— 글쓰기 윤리의 위반 사례와 모범적인 글쓰기 사례

PLAGIARISM

I

들어가며

최근 국내에서 논란이 되고 있는 표절을 포함한 연구부정행위는 학문세계의 도덕적 불감증을 적나라하게 드러내고 있다. '자기표절(self-plagiarism)'이라 칭해지는 연구윤리위반의 문제도 끊임없이 제기되고 있는 실정이다. 사회는 연구자의 자기표절을 비윤리적인 행위라고 몰아붙이고 있고 연구 당사자는 그것이 학계의 관행이었다는 말로 변명하기에 급급하다. 사실 표절과 자기표절은 그 성격이 조금 다르기도 하지만 그동안 학계가 자기표절에 대해 명확한 기준을 마련하지 않았던 것이 문제를 키운 측면도 있다. 표절과 관련된 우리 사회의 논란과 갈등 속에서도 최근 들어 대학과

학회 및 정부 차원에서 연구의 진실성을 확보하기 위해 대책을 강구하고 있으며, 연구윤리의 제도적 확립을 위해 노력을 경주하고 있는 것은 다행스러운 일이다. 지금 대부분의 대학은 자체적으로 연구윤리를 위한 규정을 제정하고, 각 학술단체는 자체적으로 연구윤리규정을 만들어 연구윤리를 정착시키는 움직임이 구체화되고 있다.

그러나 대학 및 학계에서 연구윤리 확립을 위한 기본적인 틀은 잡고 있지만(예를 들면 '연구윤리규정' 혹은 '연구윤리지침'), 연구윤리와 관련된 실질적인 문제에 있어서는 아직 사회적 합의가 없어 교육과학기술부나 학술진흥재단에서 마련한 포럼이나 공청회 등을 통하여 여전히 논의 중에 있다.

연구윤리에 있어 대표적인 위반 사례인 '표절'은 그동안 사회적 논란이 되어왔다. 그 이유는 아직도 표절이 무엇인지 그리고 그것의 범주와 이를 판단할 수 있는 객관적인 기준이 무엇인지에 대한 합의가 이루어지지 않은 데 있다. 표절은 타인의 지적 생산물을 허락 없이 훔치는 행위로 연구 행위에서뿐만 아니라 다양한 창작품에서 발생되어 그 범위가 매우 넓다. 연구윤리의 확립을 위해 표절을 저지른 사람을 찾아내고 이를 처벌하는 일도 필요하겠지만, 지금 우리에게 필요한 작업은 무엇보다 앞으로 계속해서 이루어질 학생과 연구자 일반의 학문 활동에 있어 올바름과 그릇됨을 가늠할 수 있는 기본적인 가이드라인을 우선적으로 제정하는 일이 중요하다고 본다.

연구윤리가 제대로 정착되기 위해서는 사실 가이드라인의 제정만으로 불충분하다. 무엇보다 중요한 것은 초·중등학교 학생에서부터 대학·대학원 학생에 이르기까지 표절예방에 관한 교육으로 정직한 글쓰기가 체화되도록 해야 할 것이다. 이를 위해 학교생활 속에서 올바른 글쓰기 교육과 연구윤리 의식을 체득할 수 있는 교육과정과 프로그램의 개발이 절실하다.

역자는 이 글에서 대학과 학계에 당연하면서도 시급하게 요구되는 윤리적 글쓰기의 일반적인 틀을 시험적으로 제시하고자 한다. 그럼으로써 대학이나 학회의 연구와 학습의 윤리성을 위한 가이드라인으로 참고가 되고 나아가 교육자료(교재) 및 강좌개발에 도움을 줄 수 있기를 기대한다. 물론 학회나 대학의 성격과 특성에 따라 윤리적 글쓰기의 기준이나 범위에는 다소간의 차이가 있을 테지만 이 글이 시험적인 가이드라인의 역할을 할 수 있을 것이라 생각한다.

대학과 학계에서 말하는 '윤리적 글쓰기(ethical writing)'란 저자에 의해 생산된 결과물이 원고, 책, 논문, 보고서 등 어떤 형태일지라도, "글로 생산된 결과물의 저자가 그 결과물의 유일한 독창적 저자이며, 그가 다른 사람의 텍스트나 아이디어를 빌려올 때 기존에 확립되어 있는 학문적 관례에 따라 명확하게 그 출처를 밝혀야 한다"[59]는 기본 원칙을 준수하는 글쓰기를 말한다. 달리 말해, 윤리적 글쓰기란 연구자의 정직성과 정보의 정확함, 전달의 명확성에 기초한 글쓰기를 말한다.

역자는 우리에게 지금 필요한 작업은 표절을 저지른 사람을 찾아내고 이를 징벌하는 일도 있지만, 무엇보다 앞으로 계속해서 이루어질 학생과 연구자 일반의 학문 활동의 올바름과 그릇됨을 가늠할 수 있는 기본적인 가이드라인을 우선적으로 확립하는 일이라고 본다. 첫째, 연구윤리를 준수해야 하는 학생과 연구자 일반의 합의에 기초하여 연구윤리와 그 위반에 대한 제재의 가이드라인을 확정한 다음 둘째, 이를

---

59) Roig, Miguel. *Avoiding plagiarism, self-plagiarism, and other questionable writing practices: A guide to ethical writing.* http://facpub.stjohns.edu/~roigm/plagiarism/Index.html, 2006. p.2.

정확히 교육하여 이해시키고 나아가 셋째, 이 기준을 명확하게 학생과 교수 모두에게 공정하게 적용할 때 대학이 법과 질서, 위반과 처벌이라는 자유민주주의의 기본법칙을 선도적으로 수행하는 사회의 모범이 될 수 있을 것이다.

앞으로 마련될 가이드라인이 대학에서 교과과정의 일환으로 교육되고 그에 맞는 교재로 개발되기 위해서는 더욱 구체적인 사례와 예시문을 제시하는 것이 반드시 필요하다. 기존의 국내외 대학과 학술단체 및 국가기관의 연구윤리와 제재에 대한 가이드라인은 마치 법률의 조항처럼 상당히 포괄적이고 추상적이어서 학생들을 교육하기에는 부적합한 지침으로 간주될 수 있다. 물론 포괄적인 조항이 가지는 미덕은 시간과 장소에 따라 즉, 문화적이고 역사적인 사회의 변화와 차이에 따라 융통성 있게 적용할 수 있다는 점이지만, 현재 우리 사회의 대학과 연구기관의 윤리교육의 지침으로는 추상적이라고 하지 않을 수 없다. 따라서 연구윤리의 위반사항을 가능한 한 첫째, '세밀하게 항목별로 분류' 하고 둘째, 이를 구체적인 '예시문을 통해 가이드' 를 하는 것이 필수적이다.

윤리적 글쓰기란 앞에서 규정했듯이 연구자의 정직성을 기본 원칙으로 정보를 전달함에 있어 정확함과 명확함에 기초한 글쓰기를 말한다. 여기에서 벗어나는 글쓰기는 연구윤리에서 이탈할 가능성이 대단히 크다고 할 수 있다. 연구윤리의 위반에 해당하거나 관계가 있는 행위에는 크게 다음일곱 가지 항목이 있으며, 그것은 (1) 표절(plagiarism) (2) 자기표절(self-plagiarism) (3) 저작권의 위반(copyright infringement) (4) 부주의한 글쓰기(inappropriate writing) (5) 위조(fabrication)와 변조(falsification) (6) 정당한 사용권(fair use) (7) 저자표기(authorship)의 문제 등으로 나누어볼 수 있다.

이 글은 위에서 언급한 연구윤리 위반의 대표적인 유형에 대한 설명과 그 방지를 위한 기준을 제시함으로써[60] 연구윤리에 대한 인식을 제고하고, 무엇보다 연구부정행위를 예방하는 데 기여할 것으로 기대한다.

---

[60] 이 글에서 제시하는 표절의 기준은 가장 기본적인 것으로 일반적으로 인정된 것이지만, 표절의 판단에 있어 애매한 부분에 대해서는 학문적, 사회적 합의가 시급히 요청된다.

II

연구윤리 위반행위와 연구윤리지침

1. 표절(plagiarism)

표절은 "다른 사람의 아이디어나 방법, 혹은 글로 표현된 말을 출처를 밝히지 않고 가져옴으로써 그것들이 이러한 기만행위를 하는 자의 것으로 간주되게 할 의도를 가진 행위"[61]를 말한다. 표절은 타인의 업적이나 지적 소유물을 부정직하게 자신의 것으로 만드는 학문적 절도행위로서 연구윤리의 위반 행위 중 가장 저지르기 쉬운, 그래서 가장 많

---

61) American Association of University Professors. Roig에서 재인용.

이 발생하고 있는 연구부정 행위이다. 표절은 기본적으로 연구자의 비양심적이고 비윤리적인 태도에서 비롯되지만 한국의 사회 · 문화적 환경과 경제적 발전과정에서 도덕적 불감증이 형성되었으며, 더욱이 최근에 한국 교수사회의 업적 · 성과 중심주의도 주요 원인 중의 하나로 간주된다.[62] 표절을 방지하려면 명확한 기준을 확립해야 하는데 다음에서는 그 기준 확립을 위한 기본적인 지침을 제시하고 있다.

(1) 텍스트의 표절

텍스트 표절에서 빈번히 발생하는 것은 인용의 문제이다. 인용은 이미 발표된 저작물의 내용을 이용하여 자신의 논점을 보강하거나 또는 논술하고자 하는 문제점에 관하여 자기의 견해와 같거나 다른 사람의 그것을 제시함으로써 논증의 타당성이나 설득력 있는 논지 전개를 위해 사용된다. 그러므로 항상 필요한 곳에 적절한 구절을 인용해야 하며, 결코 인용을 남발해서는 안 된다. 자신의 저작물이나 다른

---

62) 곽동철, 「인문사회분야의 표절의 개념과 범위 그리고 유형」, 『인문사회분야 표절 가이드라인 제정을 위한 기초 연구』 공청회 자료집, p.74-76.

저자의 글의 일부를 글자 그대로 가져올 경우 반드시 인용부호를 표시해야 하며, 그 출처를 밝히지 않고 베낄 경우, 이는 표절에 해당된다.

인용 처리의 미숙으로 표절로 오해받지 않기 위해서는 특히 다음 세 가지 경우에 대해 깊은 주의를 해야 할 것이다.

(가) 원전에서 직접 인용하는 경우나 특정인의 말 또는 표현을 그대로 인용하는 경우에는 반드시 큰 따옴표(" ")를 사용하여 본문 중에서 인용을 한다. 예를 들면 다음과 같다.

> 그렇다면 문제는 유태인이 아니라 환상을 구축하기 위해 유태인을 필요로 하는 바로 그 유기적 사회의 구조적 불가능성이다. "사회 유기체에 해체와 적대를 끌어들이는 이질적 신체의 역할을 유태인에게 부여함으로써 일관된, 조화로운 전체로서의 사회의 환상적 이미지가 가능해지는 것이다"(Zizek 1992: 90). 유태인은 사회의 구조적 불가능성을 은폐함으로써 유기적이고 통일적 사회라는 환상을 조장함과 동시에 그런 사회적 통일성이 철저히 부재와 우연성 위에 서있다는 것을 드러낸다.

(김용규, 「지젝의 대타자와 실재계의 윤리」,
『타자의 타자성과 그 담론적 전략들』, 정해룡 외,
부산: 부산대학교출판부, 2004, p.45)

이 필자처럼 지젝(Zizek)의 말과 필자 자신의 말을 명확히 구별하여 인용표기하는 것이 윤리적인 글쓰기이다. 그러나 이 필자가 만약 다음처럼 인용부호를 생략하고 출처의 표기를 명확하게 표시하지 않았다면 이 글은 표절의 전형적인 사례가 되었을 것이다.

> 그렇다면 문제는 유태인이 아니라 환상을 구축하기 위해 유태인을 필요로 하는 바로 그 유기적 사회의 구조적 불가능성이다. 사회 유기체에 해체와 적대를 끌어들이는 이질적 신체의 역할을 유태인에게 부여함으로써 일관된, 조화로운 전체로서의 사회의 환상적 이미지가 가능해지는 것이다. 유태인은 사회의 구조적 불가능성을 은폐함으로써 유기적이고 통일적 사회라는 환상을 조장함과 동시에 그런 사회적 통일성이 철저히 부재와 우연성 위에 서있다는 것을 드러낸다.

위의 예시문은 글쓴이가 원저서의 둘째 줄부터 셋째 줄까지 나와 있는 지젝의 말을 인용하면서 인용부호를 생략함으로써 그것이 마치 글쓴이의 독창적인 사고처럼 보이게 하기 때문에 표절이 된다.

(나) 인용은 정확해야 하지만, 두 가지 규칙을 따르기만 한다면 인용문의 길이를 줄일 수 있다. 첫째는 생략한 부분으로 인해 인용문의 의미가 바뀌어서는 안 된다. 둘째는 어느 부분을 생략했는지 독자에게 정확히 보여주어야 한다. 이는 말줄임표(……)를 사용하는데 문장의 중간에는 6개의 점으로, 문장이 끝날 때는 7개의 점을 표시한다.

이 경우에 해당하는 실례를 든다면 다음과 같은 문장을 들 수 있다.

사이드가 일찍이 「여행하는 이론」이란 글에서 "사상이나 이론들은 …… 이 사람에서 저 사람으로, 이 상황에서 저 상황으로, 한 시대에서 다른 시대로 …… 여행한다. 문화적이며 지적인 삶은 사상의 이러한 순환에 의해 자양분을 받고 유지되기도 한다. …… 창조적으로 빌려오든 전적으로 이용하든 간에 사상과 이론들의 한 곳에서 다른 곳으로의 이동은 삶의 사실인 동시에, 지적 활동의 유용한 가능성을 가져온다"고 지적했듯이, 이론들이 여행하여 그 지역의 역사와 현실에 맞게 변용되어야 할 것이다.

(정정호, 『전환기의 문학과 대화적 상상력』, 서울: 한신문화사, 1998, p.54)

(다) 인용문의 경우 가끔 그 의미를 독자에게 명확하게 전달하기 위해 필자가 필요한 곳에 한두 단어를 덧붙일 필요가 있다. 이때 인용문의 원의미를 바꾸거나 왜곡해서는 안 되고, 덧붙일 때는 일반적으로 브래킷([ ])을 사용한다 (Lipton 37).

이 경우의 예를 든다면 다음과 같다.

한편으로는 리얼리즘, 다른 한편으로는 세계를 부정하는 자기 반영성이라는 대립적인 극단을 똑같이 거부하는 [포스트모던] 소설은 특별히 …… 본체론적으로 우연적

이고 문제점을 노정시키는 이 세계에 대해 인식론적이며
도덕적인 당혹감을 인식하도록 우리를 일깨워 준다.

—알란 와일드, 『중간지대』(1987), 4쪽.

(정정호, 『전환기의 문학과 대화적 상상력』,
서울: 한신문화사, 1998, p.347)

※ 참고

1) 상식적 지식은 인용표기할 필요가 없지만, 상식적 지
식이 아닐 경우는 출처표기를 분명히 해야 한다. 상식과 비
상식을 구별하는 기준은 글을 쓰는 저자와 독자 혹은 청자
의 수준에 달려 있다. 따라서 상식과 비상식을 구별할 기준
이 모호할 경우, 인용표기를 분명히 함으로써 표절을 방지
해야 한다.

2) 연구자의 생각이나 견해를 전개하는 데 필요한 이론적
근거를 제시하기 위해 인용행위가 이루어지기 때문에, 『대
학의 연구 안내서』(*Handbook for College Research*)의 저자
호튼 미플린(Houghton Mifflin)은 타인의 글을 직접 인용하

는 것이 적합한지 여부를 판단하는 기준을 다음과 같이 제시하고 있다.

① 문체(Style). 원저자의 특유한 언어 사용이 두드러져서 같은 내용을 자신의 말로 명확하게 표현하기가 불가능한가?

② 어휘(Vocabulary). 사용 어휘가 전문적인 영역에 속해 있어서 자신의 말로 바꾸어 표현하기가 어려운가?

③ 원저자의 명성(Reputation). 원저자는 관련분야의 저명인사로 인용문이 실린 글에 권위를 부여해줄 수 있는가?

④ 논점(Points of contention). 인용문의 내용이 의문을 제기하거나 반대의견을 제시하는가?(Bill Marsh, *Plagiarism*에서 재인용, p.97)

3) 출처를 밝히고 인용 표시를 했더라도 전체적으로 자신의 독창적인 부분이 실질적으로 없다면 이는 표절로 간주될 수 있다.[63]

---

63) 이인재, 「인문사회분야의 표절의 개념과 범위 그리고 유형」, 『인문사회분야 표절 가이드라인 제정을 위한 기초 연구』 공청회 자료집, p.9.

4) 자료수집 노트가 정확하지 않아서 인용한 부분과 자신의 생각을 잘 구분하지 못해 비고의적 표절을 하는 경우가 있다. 이러한 혼란을 피하기 위해서 인용문의 시작 부분에 대문자 Q와 페이지 번호를 적고 끝부분에 대문자 Q를 다시 한 번 적어두는 것도 좋은 방법이다. (Lipton 34) [64]

5) 전자매체(특히 인터넷)에서 가지고 온 자료에도 인용 표시를 적절히 할 필요가 있으며, 반드시 참고한 웹사이트의 주소와 URL을 기록해두어야 한다. 이렇게 하면 몇 주가 지난 뒤 글을 쓰기 위해 수집한 자료를 참고할 때 혼란스럽지 않을 것이다.

따라서 우리는 인용과 관련된 이와 같은 정황을 종합적으로 고려해볼 때 텍스트의 표절을 방지하기 위해 다음과 같은 지침을 마련해야 할 것이다.

---

[64] 여기서 말하는 Q는 임의로 설정된 것으로 연구자가 평소 노트를 작성할 때 어떤 형태로든 인용하고자 하는 부분을 명확히 표시를 해두면 비고의적 표절을 피할 수 있다.

지침〈1〉 연구윤리를 준수하는 자는 인용하는 글을 본인의 글과 분명히 구분하고, 형식에 맞게끔 인용을 명확히 표시한다.[65]

(2) 아이디어(idea)의 표절

타인의 아이디어를 자신의 저작물에 출처를 밝히지 않고 이용하거나 몰래 도용할 때 또는 원저자의 아이디어의 전체 혹은 일부를 가져오면서 원저자의 공로를 인정하지 않거나 원래의 아이디어를 약간 피상적으로 변형하는 경우, 이는 표절에 해당된다.

타인의 공로를 인정하고자 할 때,

(가) 책의 경우는 책의 '서문'이나 저자의 '감사의 글'에서 다른 사람의 공로를 밝히는 것이 일반적이다. 다음은 미국의 어느 저자가 자신의 책에 쓴 '감사의 글' 일부이다.

---

65) 인용이나 참고문헌의 기술 방식은 국가나 학문분야별로 다양하므로 연구자는 자신의 학문분야가 채택하는 인용 방식에 따라 일관성 있게 기술하여야 한다.

(출전: David Leverenz. *Manhood and the American Renaissance*. Ithaca and London: Cornell UP, 1989. ix.)

After the manuscript had been submitted, Lawrence Buell's lengthy commentary for Cornell pointed me toward a great many final tinkerings, as did that of my colleague John Seelye. Both of them took me to task for my coercively kinky reading of *Moby Dick*;... Faith Berry and Terry H. Pickett generously provided information about Frederick Douglass, as Herbert Levine did about Whitman....

(코넬출판부에 원고를 제출한 후 이 책을 위한 로런스 부얼의 장문의 코멘트 덕분에 필자는 여러 가지 흠을 메꿀 수 있었다. 이 점에 있어서는 필자의 동료 존 실리에게도 빚지고 있다. 필자는 두 사람에 힘입어『모비딕』에 대한 면밀한 비틀어 읽기가 가능했다. …… 페이스 베리와 테리 H. 피켓은 프레더릭 더글라스에 대한 정보를 관대하게 제공해주었고 허버트 레빈 역시 휘트먼에 대한 정보를 제공해주었다. ……)

(나) 논문의 경우 각주를 통해 다른 사람의 공로를 밝힐 수 있다. 다음은 어느 논문의 필자가 글의 서두에서 각주를 통해 밝히고 있는 예이다.(출전: Kwon, Yeon-Jin, "Frame Semantics as a Framework for Describing Commercial Transaction Verbs", 『새한영어영문학』 제46권 1호, 159면.)

An initial version of this paper was presented at the conference by the Korean Association of Language Sciences at Pukyong National University on August 18, 2003. I would like to thank the participants at the conference for their helpful comments. I also would like to thank two anonymous reviewers for their helpful comments and suggestions.

(본 논문의 초고는 2003년 8월 18일 부경대학교에서 개최된 '한국언어과학회'의 학술대회에 발표되었다. 필자는 그 당시 본 논문에 대한 코멘트를 통해 많은 도움을 준 학회 참석자 여러분들에게 감사를 드린다. 또한 본 논문을 읽고 코멘트와 제언을 통해 많은 도움을 준 익명의 심사자 두 분께도 이 자리를 빌어 감사를 드린다.)

다음은 전여옥의 책과 관련된 사건으로서 다른 사람의 아이디어를 무단으로 빌려와 고발당한 대표적인 사례이다.

한나라당 전여옥(사진) 의원이 1993년 11월 출간한 베스트셀러 '일본은 없다'는 이 책과 유사한 내용의 책을 내기 위해 다른 여성 작가가 취재한 내용과 아이디어, 소재 등을 일부 무단으로 사용했다는 점이 법원에서 인정됐다.

서울중앙지법 민사합의25부(부장판사 한창호)는 전 의원이 '일본은 없다'에 대해 표절 의혹을 제기한 기사 및 칼럼과 관련해 "허위 사실을 적시해 명예를 훼손당했다"며 오마이뉴스 대표 오연호 씨 등을 상대로 낸 5억 원의 손해배상 청구소송에서 11일 전 의원에게 패소 판결했다.

재판부는 판결문에서 "전 의원은 1991년 KBS 일본특파원으로 일하던 당시 알게 된 르포작가 유모 씨가 자료수집과 취재를 하면서 일본에 관한 책의 초고를 쓰고 있다는 사실을 알고 있었다"며 "전 의원이 유씨에게서 들은 취재 내용과 아이디어, 건네받은 초고 등을 무단으로 인용해 '일본은 없다'의 일부분을 작성한 점이 인정된다"고 밝혔다.

재판부는 "'일본은 없다'의 표절 의혹을 제기한 오마이뉴스의 기사 등은 당시 국회의원 겸 유력 정당의 대변인이던 전 의원의 도덕성 및 청렴성에 대해 의혹을 제기한 것이기 때문에 공익을 위한 목적에서 작성된 것으로 봐야 하고 그 내용도 전체적으로 진실해 보인다"고 덧붙였다.

이종석 기자 wing@donga.com

(2007년 7월 12일자 동아일보)

일반 학술 논문이나 연구자도 아이디어의 도용이나 표절과 관련하여 자유로울 수는 없다. 예컨대 『호밀밭의 파수꾼』(Catcher in the Rye)과 『햄릿』(Hamlet)을 비교 연구한 논문―이 논문은 두 작품이 하나의 공통된 주제 즉, 젊은 남성의 심오한 고통과 정신적 불안정을 서로 다른 방식으로 표현하고 있다고 결론 내린다―에 깊은 감명을 받았다고 하자. 만약 연구자가 이러한 아이디어를 논문에 포함시키려 한다면, 설사 언어 표현 방식이 완전히 다르다 해도 그것을 맨 먼저 제안한 사람에 대해 언급해야 한다. 그렇지 않으면 연구자 스스로 그 생각을 창안해냈다는 잘못된 사실을 퍼뜨릴 수 있다.

이와 같은 경우를 방지하기 위해 우리는 다음과 같은 지침을 마련해야 할 것이다.

지침〈2〉 연구윤리를 준수하는 자는 자신의 글이 빚지고 있는 다른 사람의 공로에 고마움을 표시하고 그 아이디어의 출처를 분명히 밝혀야 한다.

(3) 부적절한 바꿔쓰기(paraphrasing)를 통한 표절

바꿔쓰기(paraphrasing)는 일종의 간접 인용이다. 직접 인용은 따옴표로 원전의 글을 있는 그대로 인용하는 반면, 간접인용은 원전의 의미를 살려 자기 나름의 표현으로 다시 쓰는 것이다. 연구자가 다른 연구자의 글을 읽고 그 자신의 글에 다른 연구의 상당 부분을 바꿔쓰기 하면서도 그 출처를 정확히 밝히지 않으면 글쓰기의 윤리를 심각하게 위반하게 된다. 또한 원저자의 글의 논지와 의미를 왜곡하거나 불충분하게 전달함으로써 원래의 취지를 잘못 전달하고 이를 바탕으로 자신의 논지를 전개하는 것은 잘못이며 인용의 윤리에 어긋난다. 예컨대 다음의 글을 어느 연구자가 읽고 이를 참고했다고 간주하자.(출전: 윤정길, 「19세기 영국 소설에 나타난 백인 여성과 유색인종간의 이미지 동질성 연구」, 『영미문학페미니즘』9권 1호, 2001, p.71)

제국주의와 성(gender)의 문제는 소설 속에서 흔히 깊이 연관되어 나타나고 있다. 19세기가 말하는 동질성의 본질이 무엇이든 간에, 사실 가부장 사회 속에서 남성에게 종속되어 그 정체성을 상실한 여성들의 삶의 경험, 그 좌절 및 한계성과 주권을 상실하고 국가적, 개인적 정체성을 빼앗긴 채 노예로 전락한 식민지 국민들 사이에는 지배와 억압이라는 공통적 문제가 존재한다.

그런데 이를 다음과 같이 바꿔 쓰면서도 마치 자신의 글처럼 표현하는 것은 글쓰기의 윤리에 대한 위반이다.

부적절한 패러프레이즈

제국주의와 젠더의 문제는 소설 속에서 깊숙이 연관되어 있다. 19세기 사람들이 추구했던 동질성이 본질적으로 무엇을 의미했든 간에, 가부장제 사회에서 남성에 종속되어 주체성을 잃어버린 여성의 좌절된 삶의 경험 및 그 한계성과 주권을 빼앗기고 국가적, 개인적 주체성을 말살당한 채 노예가 되어버린 식민지 국민 사이에는 지배와 억압이라는 하나의 공통된 문제가 있다.

따라서 우리는 다음과 같은 지침을 마련해야 할 것이다.

지침 〈3〉 다른 사람의 글을 바꿔쓰기 할 때도 그 출처를 분명히 밝혀야 한다.

(4) 요약(summarizing)을 통한 표절

요약이란 상당한 양의 글을 짤막한 문단이나 하나의 문장으로 본인의 표현을 사용하여 줄이는 것을 말한다. 올바른 요약표현은 (1) 인용부호를 사용하여 원작자만이 가지는 표현의 독창성을 인정해주거나 (2) '다른 사람의 말을 자신의 말'로 완전히 바꾸어 써야 한다(Bill Marsh. *Plagiarism*, p.100). 요약할 경우도 자료의 출처를 명확히 밝혀야 하며, 이를 어길 경우 표절에 해당된다. 원저자의 글이 너무 난해하여 바꿔쓰기나 요약을 통해서는 정확한 의미를 전달하기 힘들다고 판단될 때는 직접 인용이 바람직하다.

다음은 어느 필자가 그의 글에서 어느 비평가의 주장을 요약하여 제시하고 있는 부분이다.(출전: 이효석, 「모더니즘 소설에 나타난 의식의 물질성-울프와 조이스를 중심으로」, 『물질·물질성의 담론과 영미소설 읽기』, 서울: 동인, 2007, p.151)

올바른 글쓰기

바흐친은 서구 형이상학이 상정하는 완전하고 초월적인 데카르트적인 주체가 근거 없다는 것을 설명하기 위해 자아와 타자와의 상호보완적인 관계를 설명하였다. 그가 자아가 타자와 맺고 있는 관계를 '나에 대한 나(I-for-myself)', '타자에 대한 나(I-for-the-other)', 그리고 '나에 대한 타자들(others-for-me)' (*Art and Answerability* 55, 129)의 세 가지 범주로 나눈 것은 타자의 존재가 주체를 구성하는 과정에 직접적으로 참여하고 있다는 사실을 설명하기 위해서였다.

그런데 만약 필자가 그의 논지의 일부를 바흐친의 책 어디에서 요약하고 있다는 사실을 분명하게 밝히지 않고 썼다면 글쓰기의 윤리를 위반하게 된다. 예를 들어 다음처럼 쓸 경우는 부적절한 글쓰기로서 문제가 될 것이다.

부적절한 글쓰기

바흐친은 서구 형이상학이 상정하는 완전하고 초월적인

데카르트적인 주체가 근거 없다는 것을 설명하기 위해 자아와 타자와의 상호보완적인 관계를 고민하였다. 바흐친은 자아가 타자와 맺고 있는 관계를 '나에 대한 나(I-for-myself)', '타자에 대한 나(I-for-the-other)', 그리고 '나에 대한 타자들(others-for-me)'의 세 가지 범주로 나눈다. 바흐친의 범주는 타자의 존재가 직접적으로 주체를 구성하는 과정에 참여하고 있다는 사실을 설명해준다.

따라서 우리는 다음과 같은 지침을 마련해야 할 것이다.

지침〈4〉 다른 사람의 글을 요약할 때도 그 출처를 분명히 밝혀야 한다.

(5) 패치라이팅(patchwriting)을 통한 표절

원문을 복사해서 몇 개의 단어를 삭제하거나, 문장 구조를 바꾸거나, 동의어를 조합하여 짜깁기하는 것으로 일명

'모자이크 표절'이라 불리며, "타인 저술의 텍스트 일부를 조합, 단어 추가 또는 삽입, 단어를 동의어로 대체하여 사용하면서 원저자와 출처를 밝히지 않는 행위"(고려대 연구윤리지침)를 말한다.

이 경우는 필자는 다른 사람의 공로를 의도적으로 희석시키고 고의로 감출 뿐만 아니라 나아가 다른 사람의 연구의 업적을 마치 자신의 것인 양 행세하는 것이므로 아주 나쁜 경우라고 할 수 있다.

예컨대 지침 〈4〉의 경우를 보자. 지침 〈4〉에서 예를 든 '부적절한 글쓰기'의 예는 필자가 바흐친의 생각과 자신의 견해를 혼동하도록 쓴 경우이지만, 만약 이를 다음과 같이 썼다면 대단히 비윤리적인 글쓰기가 되었을 것이다. 그 이유는 아래의 글에서 볼 수 있듯이, 필자는 바흐친의 평생에 걸친 사색과 노력 끝에 얻은 깨달음을 마치 필자 자신의 고유한 생각으로 가장하고 있기 때문이다.

대단히 비윤리적인 글쓰기

서구 형이상학과 데카르트가 전제하는 완전하고 초월적인 주체는 그 근거가 희박하다. 왜냐하면 여기에는 주체의 자아가 타자와 맺고 있는 상호보완적인 관계에 대한 고려가 없기 때문이다. 주체가 타자와 맺고 있는 관계는 우리는 크게 세 가지로 구별해볼 수 있을 것이다. 첫째, 주체에 대한 주체 둘째, 타자에 대한 주체 셋째, 주체에 대한 타자들의 관계가 그것이다. 우리는 이러한 범주를 이용해 타자의 존재가 우리의 주체를 직간접적으로 구성하는 과정에 관여한다는 사실을 이해할 수 있다.

따라서 우리는 다음과 같은 지침을 마련해야 할 것이다.

지침 〈5〉 다른 사람의 글이나 아이디어를 자신의 단어나 아이디어로 편집, 변형하여 마치 자신의 것으로 만들 경우 표절에 해당하며, 이 경우 반드시 출처를 밝혀야 한다.

2. 자기표절(self-plagiarism)

자기표절은 저자가 자신의 이전의 글이나 자료를 새로

쓰는 글에 다시 활용하면서 그 글이나 자료가 이전에 발표, 출판, 혹은 사용된 적이 있다는 사실을 밝히지 않을 때 발생한다. 물론 훌륭한 논문이나 글의 경우, 여러 잡지에 동시에 게재될 수도 있고 다른 책을 통해 다시 소개될 수도 있다. 그러나 이 경우에도 그러한 정황을 독자에게 알리는 표시를 반드시 해주어야만 한다. 함창곡이 언급하듯이 출처를 밝히지 않는다면 "자기 논문이라 할지라도 본문의 일부, 표, 그림의 중복 사용은 자기표절이 되거나 이중게재에 해당될 수 있다."[66]

자기표절은 현재 한국의 교수와 연구진에게 가장 문제가 되고 있는 표절의 한 종류이다. 성과에 대한 중압감은 동서를 막론하고 현재 대학사회의 연구공동체로 하여금 중복게재에 대한 유혹에 빠지게 하고 있다. 그러나 같은 논문을 다른 것처럼 보이게 만들어 실적에 포함시키고 이것을 바탕으로 다른 이익을 취하게 된다면 같은 입장에 있는 경쟁 학자에게는 반칙일 될 것이다. 그리고 이것은 독자를 속이는 비윤리적 행위이다. 따라서 두 번째로 발행하는 같은 논문은 반드시 이전

---

66) 함창곡, 「이중 게재의 문제와 과제」, 『제1회 2007 연구윤리포럼: 올바른 연구 실천의 방향과 과제』 자료집, p.78.

에 발표된 동일한 논문에 대해 출처를 밝혀주어야 한다.

같은 글을 다른 곳에 옮겨 싣는 자기표절은 충분히 가능한 경우도 있다. 이것은 기존에 발표한 매체의 독자가 한정되어 다른 독자에게도 알릴 필요가 있을 때, 학위논문의 일부를 다른 학술지나 매체에 분할하여 발표하거나 게재할 때, 하나의 논문을 다른 언어로 번역하여 발표할 때, 혹은 학술회의에서 발표한 글을 확대하여 독립된 논문이나 글로 발표할 때는 가능한 일이다. 그러나 이때도 글이 발표되기 이전의 출처나 원래의 정황을 상세히 설명함으로써 표절의 시비를 피하여야만 한다.

자기표절은 일반 표절과는 달리 다른 사람의 지적 생산물을 훔치는 것은 아니지만, 이전의 논문이나 글과 동일하다는 것을 표시하지 않을 경우, 독자를 기만하게 된다는 점에서 비윤리적 연구행위이다. 윤리적인 저자는 독자가 자신의 글을 읽을 때 그 글이 과거 어디에서도 소개된 적이 없는 독창적인 글이라는 것을 전제하고 읽는다는 사실을 망각해서는 안 될 것이다.

(1) **중복게재**(double publication)

중복게재는 업적을 부풀리기 위해 이미 발표된 논문과 동일한 논문을 타 학술지나 다른 형태의 출판매체를 통해서 발표하는 경우 주로 발생한다. 두 논문이 동일하지는 않지만 제목이나 사용된 데이터, 서론 혹은 결론을 약간 변형시켜 발표한 경우도 이중게재로서 연구윤리에 위배된다. 이전에 발표한 자신의 논문에 일부 다른 시각이나 데이터에 대한 새로운 해석을 추가하더라도 주요한 내용이 같다면 새 논문으로 인정받을 수 없다.

학술지에 발표된 논문을 연구자 본인이 다른 단행본 혹은 편집된 책의 부분으로 출판할 수 있으나, 이 경우에 연구자는 원전의 출처를 밝혀 재사용임을 명시하여야 한다. 기존 논문을 다른 언어로 번역해 다시 학술지에 게재할 때도 편집인의 사전 동의와 독자에 대한 공지가 필요하다.

자신의 글의 일부 혹은 전부를 다른 학술지나 잡지, 혹은 책으로 다시 발표할 경우 이를 책의 머리말이나 논문의 서두에서 밝힌다.

(가) 책의 경우

다음은 논문들을 편집하여 출판한 어떤 책의 '책 머리

에' 의 일부이다. 여기서 이 책의 편집자들은 지난 10년 동안 어느 동인지에 발표된 글들을 주제별로 새로 편집하여 출판하였음을 밝히고 있다.(출전: 박훈하 외 편, 『2000 문화가 선 자리』, 부산: 세종출판사, 2001, p.2)

> 이 문제적 시기, 10년 동안 우리는 『오늘의 문예비평』이란 비평전문지를 펴내면서, 그 다원적 문화 현상들을 몸으로 체득하며 그 현장을 확인한 셈이다. …… 그러므로 이 책은 10년 동안 비평전문지인 『오늘의 문예비평』에 발표된 기획물들을 중심으로 엮었다.

(나) 논문의 경우

연구자는 자신의 글이 일부 혹은 전부가 이미 발표된 연구 논문과 일치할 경우 이를 글의 서두의 각주에서 밝혀야 한다. 설령 그것이 아이디어의 차원일지라도 밝히는 것이 오해의 소지를 남기지 않아 좋다. 다음은 어느 필자가 자신의 논문의 서두의 각주에서 그 글이 탄생된 배경을 설명하고 있는 부분이다.(출전: 여건종, 「문화적 마르크스–창조적 인

간, 자기실현, 사유」, 『한국영어영문학』 제50권 1호, 2004, p.79)

> 이 논문은 필자의 「문화와 시장」(『비평』 5호, 2001) 「마르크스에서의 인간 자유와 문화유물론」(『문학, 역사, 사회』, 2001)에서 거론된 마르크스의 창조적 인간에 대한 논의를 확장한 것이다. 일부 내용이 중복되고 있음을 밝힌다.

다음은 대필 의혹을 받고 총장직을 사퇴한 대구교육대학교 K 전총장의 사례로서 사회적으로 크게 문제가 된 중복게재의 대표적인 경우이다.

> 국어교육과 교수 재임 시절 "시 감상 지도를 위한 분석틀 연구(1)-개념적 은유론을 중심으로-"라는 논문을 2003년 대구교육대학교 초등교육연구논총 제18권 3호(pp.107-124)에 게재하였고, 총장으로 취임 후 "시 감상 지도를 위한 분석틀 연구-개념적 환유론을 중심으로-(2)"라는 논문을 2006년 6월에 대구교육대학교 논문집

제41집(pp.37-56)에 게재하였다.

두 논문은 시 감상 지도를 위한 분석틀을 연구하는 것이라는 점에서는 동일하다. 그러나 하나는 개념적 은유론을 중심으로 연구를 하는 반면에 또 하나는 개념적 환유론을 중심으로 연구하는 논문이다. 따라서 두 연구는 은유와 환유를 다루는 논문이기 때문에 논리전개상 중첩되는 내용은 있을 수 있으나, 기본적으로 두 논문은 서로 다른 연구이기 때문에 연구 문제를 설정하는 머리말 혹은 들머리, 연구의 결과를 정리하는 맺는말 혹은 맺음말이 서로 달라야 하는 것이 당연할 것이다.

전체 논문이 16쪽 정도인데, 글자 한자 틀리지 않고 상호 동일한 부분이 약 6쪽에 이른다. 그리고 서론과 결론이 동일한 점에 비추어 이 논문은 자신의 연구 업적을 다른 연구에 사용할 수 있는 자기표절의 통상적 관행을 벗어난 것이라고 볼 수 있다.

(대구교육대학교수협의회, 「총장 강현국의 퇴진을 촉구한다」
p.2-3)

따라서 우리는 다음과 같은 지침을 마련하고 준수해야 할 것이다.

지침 〈6〉 이미 발표된 논문과 동일하거나 상당 부분 이 겹치는 내용을 다시 발표하는 것은 이중게재로서 연구윤리에 위배된다.

(2) 중복제출(double-dipping)

이것은 학생이나 대학원생이 해당 교과목의 교사나 교수에게 제출하는 과제물의 경우에 흔히 발생할 수 있는 대표적인 윤리위반 사례이다. 예컨대 어느 학생이 경제학 수업을 들으면서 세계대공황에 대한 과제를 제출하고, 그와 똑같거나 유사한 과제를 세계사 수업시간에 그대로 혹은 제목만을 고쳐 다시 제출해서는 안 된다. 이것은 중복제출로 분명히 자기표절에 해당된다. 물론, 이 학생이 해당 교사나 교수에게 같은 글이라는 것을 밝히고 만약 제출해도 좋다는 허락을 받았다면 중복제출은 가능할 것이다. 그러나 대개의 경우 그러한 일은 잘 일어나지 않을 것이다.

예를 들어 경제학 수업에 대한 과제물을 다음과 같이 작성했다고 가정하자.

경제학 수업의 과제물

제목: 1930년대 세계대공황이 미국 남부 농민에게 미친
    경제학적 영향

I. 서론

1930년대에 미국으로부터 시작된 경제대공황은 엄청난 힘으로 세계의 경제를 암흑기로 몰아넣었다. 그리고 이 충격의 제1차적 피해는 무엇보다도 미국의 국내의 경제와 생활이었다. 본 과제물은 이 경제대공황이 미국의 농민들에게 어떤 영향을 주었으며 그것이 어떻게 이 지역의 농민들을 해체시키고 몰락시켰는지를 연구하기로 한다.

그런데 이 학생이 이 과제물을 제목만 살짝 바꿔 다시 세계사 수업의 과제물로 중복해서 제출했다고 가정하자. 이것은 심각한 글쓰기 윤리의 위반이다. 또한 내용을 일부 조금씩 수정해서 제출해도 마찬가지 결과이다.

제목: 1930년대 미국의 경제대공황과 미국 남부 농민의
    역사: 그들의 분열과 몰락

I. 서론

20세기의 30년대에 미국에서 시작된 경제대공황은 엄
청난 힘으로 세계의 경제를 어둠으로 몰아넣었다. 무엇
보다도 이 충격에서 가장 큰 피해를 본 진영은 국내 미
국인의 경제와 생활이었다. 따라서 본 과제물은 이 시기
에 몰아닥친 경제대공황이 미국의 농민들에게 어떤 영
향을 주었으며 그것이 어떻게 이 지역의 농민들을 해체
와 몰락으로 몰고 갔는지를 연구하기로 한다.

따라서 우리는 이와 관련해 다음과 같은 지침을 마련해
야 할 것이다.

지침〈7〉 다른 교과목을 수강하면서 제출한 적이 있
는 글을 다른 교과목에서 다시 제출할 경우, 반드시
담당교수와 상의해야 한다. 이를 어길 경우 자기표절
이다.

(3) 데이터 분할(Salami Slicing)

하나의 연구로 충분한 자료를 분할하여 여러 개의 독립된 논문으로 만드는 경우 연구윤리에 위배된다. 이는 인문사회계, 자연계와 이공계 모두의 연구자들에게 해당하는 사항이다. 예를 들어 어느 연구자가 『춘향전』의 등장인물 방자를 통해 「이조사회 하층민 젊은이의 성풍속」을 연구하였다고 하자. 그런 다음 다른 학회지나 책에서 이번에는 『춘향전』의 또 다른 인물인 향단을 통해 같은 주제를 연구하였다고 하자. 이 경우 이 연구자는 두 논문의 상관성 때문에 이후 많은 오해를 받게 될 것이다. 왜냐하면 『춘향전』을 통한 「이조사회 하층민 젊은이의 성풍속」 연구는 『춘향전』에 등장하는 하층민 젊은이 방자와 향단 모두를 함께 연구하는 것이 이 연구의 본질상 더 타당하기 때문이다. 연구의 목적상 연구의 대상이 내용상으로 이미 하나인 연구를 논문 둘로 나누어 연구하는 것은 비윤리적이다. 예컨대 어느 연구자가 다음과 같은 제목으로 논문 A를 썼다고 가정하자.

제목: 『춘향전』의 방자를 통해 본 이조사회 젊은이의
　　　성풍속

I. 서론

『춘향전』은 소설이 탄생된 것으로 여겨지는 이조시대의
사회를 잘 보여준다. 본 논문은 『춘향전』을 통해 이조사
회 하층민의 성풍속 특히, 하층민 젊은이의 성풍속을 알
아보고자 한다. 이를 위해 본 논문은 방자에게 초점을
맞춰 연구를 진행할 것이다. 왜냐하면 그가 향단에게 대
하는 성적인 태도는 이몽룡과 다르기 때문이다.

그런데 이 연구자가 다음과 같은 제목으로 비슷한 성격
의 논문 B를 발표했다고 가정하자. 이 경우 이 연구자의 학
문적 진정성은 의심받을 수밖에 없을 것이다.

**제목: 이조사회의 성풍속 – 『춘향전』의 향단을 통해 본
사례연구**

I. 서론

『춘향전』은 소설이 탄생한 이조시대의 사회상을 잘 보
여주는 작품으로 널리 알려져 있다. 본 논문은 『춘향전』
을 통해 이조사회 하층민 젊은이의 성풍속을 연구하고

자 한다. 이를 위해 본 논문은 춘향의 몸종이지만 춘향 못지않게 중요한 사회적인 의미를 지닌 향단에게 연구의 초점을 맞출 것이다. 본 연구는 향단이 같은 계급인 방자에게 대하는 성적인 태도가 춘향이 이몽룡에게 대하는 태도와 다른 점을 통해 하층민 젊은이의 성과 풍속의 함수관계를 따져볼 것이다.

다음은 데이터 분할로 문제가 된 대표적인 사건이다.

논문 쪼개내기의 경우 지난 학기 지방의 모 대학 사학과 교수 임용과정에서 불거진 논란이 전형적인 예다. 한 지원자가 실적으로 제출한 총 11편의 논문 중 최소 8편이 제목이나 목차의 단어만 다를 뿐 표, 지도, 사료 등의 기초 자료뿐만 아니라 구성과 인용, 전개에서 자신의 박사 학위 논문을 장이나 절별로 쪼개낸 것이라는 것. 중국 근현대사를 다루는 박사 학위 논문에서 '1910년대'와 '1920년대'라는 표현이 단지 '청말', '민초'라는 용어로 변경되는 식으로 새로운 업적이 만들어졌다니 할말을 잃는다. 현재 이 교수는 임용이 된 상태인데, 논란은 계속되고 있다.

(2004년 8월 21일자 교수신문에서 발췌)

따라서 우리는 이와 관련해 다음과 같은 지침을 마련해야 할 것이다.

> **지침〈8〉 하나의 연구에 사용된 자료를 분할하여 두 개 이상의 논문으로 발표하는 것은 연구윤리에 위배된다.**

(4) 데이터 증보(data augmentation)

이전에 사용된 자료에 비슷한 성격의 자료를 추가함으로써 마치 새로운 연구를 한 것으로 보이고자 한다면 이는 윤리적 글쓰기가 아니다. 비슷한 성격의 추가 자료는 연구자가 이전 연구에서 좀 더 집중하고 노력했다면 수집할 수 있는 성격의 것이기 때문에 본질적으로 동일한 성격의 자료로 간주되어 중복출간에 해당된다. 이는 연구자의 학문적 진정성을 의심하게 하는 경우이다.

예컨대 어느 연구자가 '서양의 성화에 나타난 인물의 이미지'를 연구한다고 가정하자. 그는 이 연구에서 '중세부터 르네상스까지의 성화에 나타난 아기 예수와 성모의 표정'을 연구하였다고 가정하자. 그런데 이 연구자가 기존의 연구 A에서 한번은 '아기 예수를 중심으로 시대별로 연구' 하였고 또 다른 논문 B에서는 '성모를 중심으로 시대별로 연구' 하였다고 가정하자. 그런데 이번에는 논문 C에서 '아기 예수와 성모를 합쳐 시대별로 연구' 한다면, 그의 연구의 독창성이 의심받는 것은 물론이거니와 나아가 그의 성실성까지 의심받을 것이다. 이러한 연구방식은 지양해야 한다.

연구 A

제목: **아기 예수를 중심으로 본 성화 속 인물 이미지의 시대별 연구**

I. 서론

성화는 서양 고전미술의 중요한 장르 중의 하나이다. 그것은 서양의 의식과 삶을 지배한 기독교적 세계관이 잘 드러나는 장르가 바로 성화이기 때문이다. 따라서 본 연구자는 성화 속에 나타난 아기 예수의 얼굴 표정과 전체적인 그림 속의 구도를 통해 시대별 서구의 의식의 변화를 탐구하고자 한다.

연구 B

제목: **성화 이미지의 변천사 – 성모를 중심으로**

I. 서론

주지하다시피, 서양 고전미술의 핵심적인 장르 중의 하나는 성화이다. 바로 이 성화를 통해 우리는 서구인의 의식과 삶의 근간이었던 기독교의 세계관을 잘 볼 수 있기 때문이다. 따라서 본 연구자는 성화 속에 나타난 이미지 특히, 성모의 이미지를 통해 시대별로 변화해온 서구의 의식의 단면을 이해하고자 한다.

연구 C

제목: **성화와 기독교의 상관관계 – 성모와 아기 예수의 이미지의 의미**

I. 서론

서양 고전미술에 있어서 성화는 무엇인가? 성화는 서구 미술의 핵심적인 장르 중의 하나라고 보아도 과언이 아니다. 그것은 성화 속 인물의 이미지를 구현해낸 화가와 모델의 시각이 당대인의 기독교적 의식의 정보를 담고 있기 때문이다. 따라서 본 연구자는 성화 속에 나타난 이미지들 특히, 성모와 아기 예수의 이미지가 중세부터 르네상스기까지 어떻게 변화해왔는지를 추적해봄으로써 서구인의 세계관이 무엇이었는지, 그리고 그것의 시대적 변화는 어떠하였는지 그 양상을 살펴보고자 한다.

만약 어느 연구자가 이러한 식으로 논문 B와 C를 생산했다면 윤리적인 글쓰기를 수행했다고 보기 힘들다. 만약 그 연구자가 지침 ⟨8⟩을 의식하고 있었다면 논문 A와 B는 하나의 논문으로 생산했을 것이며, 나아가 단지 기존의 논문 A와 B를 합친 논문 C도 생산하지 않았을 것이기 때문이다. 이 연구자의 논문은 3개이지만 내용상 논문 C 하나로 충분한 연구였다.

따라서 우리는 다음과 같은 지침을 마련해야 할 것이다.

지침⟨9⟩ 이전의 자료에 비슷한 성격의 자료를 추가하여 새로운 글을 만드는 것은 비윤리적이다.

3. 저작권 위반(copyright infringement)

표절과 저작권 침해는 상당 부분 겹치는 부분이 있다. 물론 베끼는 것이 모두 표절이 되는 것은 아니며 불법적 복제 행위인 저작권 침해조차도 모두 다 표절이 되지는 않는다. 그러나 학생이나 연구자가 표절과 자기표절을 범할 경우, 심지어 정당한 사용(fair use)의 권리조차도 저작권 침해로 비난받을 여지가 많다.

※ 참고

저작권법은 저작재산권 제한 사유 중의 하나로 공표된 저작물을 △보도·비평·교육·연구 등을 위해 △정당한 범위 안에서 △공정한 관행에 합치되게 인용할 수 있다고 규정하고 있으며, 이러한 범위를 넘어서는 경우에는 저작재산권 침해로 처벌(법 제97조의 5)을 받게 된다. 또한 '공표된 저작물을 인용'하는 경우에도 합리적이라고 인정되는 방법으로 그 출처를 명시하여야 하며 출처를 명시하지 않을 경우 저작권법상 '출처명시' 위반(법 제100조)이 된다.

(1) 표절, 자기표절, 정당한 사용(fair use)과 저작권의 침해

남의 글을 그대로 가져와서 활용하는 표절의 경우, 그것을 근거로 원래의 글에 대한 저작권이 있는 저자나 출판사는 표절자를 저작권 침해로 고소할 수 있다. 연구자들이 범하기 쉬운 자기복제의 경우도 원래의 첫 번째 논문이나 글이 실린 출판사나 학술지 발행처로부터 저작권 침해로 고발당할 수 있다. 공익적 활동이나 학술적 활동에서 남의 글을 제한적으로 인용할 수 있게 허용하고 있는 '정당한 사용'의 권리 역시 지나치게 긴 부분을 인용하는 경우에는 저작권 침해로 비판받을 수 있다.

따라서 교재를 쓰거나 편집하여 제작하는 필자나 출판사는 과도한 인용이나 활용으로 인해 자칫 저작권을 침해한다거나 혹은 불성실한 책으로 인식되지 않도록 주의해야 한다. 특히 과제물을 제출하는 학생의 경우 다른 자료를 자신의 의견이나 입장 없이 마구 인용하고 요약하여 과제물을 작성하는 일이 없도록 해야 할 것이다.

다음은 저작권의 침해와 관련해 피해자 쪽의 대응과 관련된 모 언론사의 기사이다.

방통대, 교재 표절 대응 '특별위' 출범

[연합뉴스 2007-01-05 10:47]

"교수들의 저작권 보호 소송 적극 지원"

(서울=연합뉴스) 조성현 차대운 기자 = 출판사에 의해 상습적으로 교재표절 피해를 당해온 방송통신대학교가 저작권 보호를 위해 적극 대응에 나섰다.

한국방송통신대는 5일 "수년째 우리대학 교재를 베껴 책을 출간해온 Y미디어의 행위가 도를 지나쳐 개별 교수들이 법적 대응하기 어렵다고 보고 지난 2일 기획처장을 위원장으로 하는 저작권보호 특별위원회'를 출범시켰다"고 밝혔다.

방통대 기획처 관계자는 "지난해 7~8월 자체적으로 피해 사례를 접수한 결과 교수 60명이 펴낸 책 149권이 표절된 것으로 파악됐다"며 "저작권보호위원회가 앞으로 교수들의 민·형사 소송을 적극 지원할 방침"이라고 말했다.

이상영 교수 등 방통대 법대 교수들과 오문의 교수 등 중문과 교수들은 각각 "Y미디어가 방송대 출판부가 펴낸 교재들을 베낀 뒤 편집을 바꾸고 대학 홈페이지에 나온 기출문제 등 일부 내용을 덧붙여 비싼 값에 팔고 있다"며 지난해 서울중앙지검에 이씨를 고소했다.

법대 교수들이 낸 고소 사건은 최근 법원에서 벌금 700만원이 확정됐고, 중문과 교수들이 낸 다른 고소 사건도 약식기소 처분이 내려졌으나 교수들의 정식재판 요구로 공판에 부쳐진 상태다.

Y미디어는 방송대 학습참고서 시장의 90% 이상을 점유해 사실상 독점적 위치를 차지하고 있으며 2005년 1월 "시장에 새로 진입한 출판사와 거래하는 서점에 대해 단호하게 대처하겠다"는 내용의 공문을 거래 서점들에 보내 신규 출판사의 사업활동을 방해한 혐의로 공정거래위로부터 1천 900만원의 과징금을 부과받기도 했다.

setuzi@yna.co.kr

(2007년 1월 5일자 연합뉴스에서 발췌)

따라서 우리는 이와 관련해 다음과 같은 지침을 마련해야 할 것이다.

지침〈10〉 표절, 자기표절, 심지어 정당한 사용(fair use)조차도 저작권 침해를 의식해야만 한다.

(2) 텍스트의 재사용(text recycling)과 저작권의 침해

연구자는 특정한 학술대회의 프로시딩(proceedings)으로 논문을 제출한 다음 그 논문을 다듬어 다른 곳에 투고 또는 발표할 경우, 엄격히 말해, 이중투고나 중복게재의 오해를 살 수 있다. 만약 다른 학술지에 게재할 계획이라면 사전에 이를 학술대회 주최 측에 미리 공지하여 양해를 구하는 것이 좋다. 나아가 프로시딩에 들어간 글이라면 이후 다른 곳에 투고할 때 이러한 정황을 각주나 미주에서 밝히는 것이 오해의 여지를 남기지 않을 것이다.

다음은 어느 학술단체의 국제학술대회에 제출한 논문을 다른 학술지에 게재하는 어느 연구자가 글의 서두에 있는 각주에서 이러한 정황을 밝히고 있는 사례이다.(출전: Vincent P. Pecora. "the Culture of Surveillance". 『새한영어영문학회』 제44권 1호, p.279)

This paper was presented at the biennial conference of the New Korean Association of English Language and Literature, held on October 27, 2001.
(본 논문은 2001년 10월 27일 개최된 새한영어영문학회의 격년제 국제학술대회에 제출된 글이다.)

따라서 우리는 텍스트의 재사용에 관한 다음과 같은 지침을 마련해야 할 것이다.

> 지침 〈11〉 연구단체의 내부자료나 프로시딩의 원고
> 를 게재할 경우, 관련 편집자와 관계자들에게 상의하
> 는 것이 필수적이다.

4. 부주의한 글쓰기(inappropriate writing)

표절이나 자료의 위조 및 변조와 같은 심각한 위반과 달리 부주의한 인용이나 출처표기는 글의 진실성에 대한 독자의 의심을 받을 수 있다.

(1) 부주의한 인용과 출처표기

논문의 작성을 위해 다른 연구를 인용 혹은 참고하였을 경우에, 독자를 위해 본문에 인용 사항을 간단히 밝히고 참고 문헌 목록에 해당 문헌의 서지 사항을 제시하여야 한다. 모든 인용은 인용문헌의 목록에 나타나야 하며, 동시에 모든 인용문헌은 본문에 인용되어야 한다.

예를 들면 다음의 논문 (정해룡,「타자로서의 오셀로」,『셰익스피어 리뷰』41권 3호, 2005, p.472)의 일부를 보면 본

문에 직접 또는 간접인용의 출처가 정확히 인용문헌에 제시
되어 있다.

이러한 유색인종이 주인공으로 등장한 것을 두고 헌터
(G. K. Hunter)는 "셰익스피어는 대담하게 극장에 새로
움을 도입했다—백인사회에 흑인 주인공—이러한 새로
움은 최근의 많은 관객에게도 아주 대담한 일로 받아들
여지고 있다"(180)라고 언급한다. 흑인에 대한 편견이
심했던 시대에 셰익스피어는 왜 흑인을 주인공으로 등
장시켰으며, 그 의도는 무엇이었을까? 해리스(Bernard
Harris)에 따르면 셰익스리어가 무어인을 주인공으로 선
택했을 때 그는 아마도 당대의 인종차별적 태도를 알고
있었으며, 검은색과 흰색이 만들어 내는 복잡한 양상에
대하여 그의 동시대인들보다 더 의식했을 것으로 보고
있다(35).

〈인용문헌〉
Harris, Bernard. "A Portrait of a Moor." *Shakespeare
and Race*. Eds. Catherine M.S. Alexander and Stanley
Wells. Cambridge: Cambridge UP, 2000. 23-36.

Hunter, G. K. "Otherllo and Colour Prejudice."
Interpretations of Shakespeare. Eds. Kenneth Muir.
Oxford: Clarendon, 1985. 180-207.

따라서 우리는 이와 관련해 다음과 같은 지침을 마련해야 할 것이다.

> **지침〈12〉 인용문헌과 인용이 일치하는지를 상호대조하여야 한다.**

(2) 재인용 표기의 위반

연구자가 특정 자료를 인용하면서 원본을 읽지 않고 마치 원본을 읽은 것처럼 인용하는 행위는 비윤리적이다. 연구자는 본인이 직접 읽지 않은 자료를 다른 연구자의 연구물을 통해 재인용한 경우 이를 직접인용으로 표시해서는 안된다. 그럴 경우 독자들은 해당 자료를 연구자가 직접 읽고 획득한 자료로 오해할 수 있기 때문이다. 또한 이는 다른 연

구자의 노력을 중간에서 가로채는 표절과 동일한 일이므로
반드시 피해야만 한다.

다음은 어느 연구자가 다른 연구자의 연구물(Alastair
Wilson. "McAndrew's Hymn." http://www.kipling.org.
uk/bookmart_fra.htm.)에서 특정한 정보〔Andrew Lycett의
책 『루드야드 키플링』(*Rudyard Kipling*. London:
Weidenfeld and Nicolson, 1999)〕를 재인용하고 있는 한 가
지 사례이다.(출전: 이효석, 「『나사의 회전』과 크리미아 전쟁-키
플링의 「맥앤드루의 송가」에 대한 패러디」, 『영어영문학회』 제
52집 4호, 2006, p.748)

정확한 표기

…… 키플링은 1894년 12월 『스크라이브너즈 매거진』
(*Scribner's Magazine*)에 이 시를 게재하기에 앞서 그것
을 제임스에게 먼저 읽어주었다(Lycett 267. Wilson에서
재인용).

그러나 만약 이 연구자가 이를 다음처럼 직접인용으로
처리하여 마치 자신이 Andrew Lycett의 책을 직접 읽고 인

용하는 것처럼 보이게 했다면 글쓰기의 윤리에 심각한 위반
을 저지르고 말았을 것이다.

비윤리적인 표기

> ······ 키플링은 1894년 12월 『스크라이브너즈 매거진』
> (*Scribner's Magazine*)에 이 시를 게재하기에 앞서 그것
> 을 제임스에게 먼저 읽어주었다(Lycett 267).

따라서 우리는 이와 관련해 다음과 같은 지침을 마련해
야 할 것이다.

**지침〈13〉 재인용을 직접인용으로 표기하지 말아야
한다.**

(3) 불완전한 이해에 바탕을 둔 인용

연구자들이 읽지 않은 자료, 혹은 철저하게 이해하지 못
한 자료를 읽고 철저히 이해한 것처럼 표기하는 것은 비윤

리적이다. 인용하는 내용을 불충분하게 이해한 상태에서 인용하거나 혹은 자기 편의대로 이해한 견강부회식의 인용은 독자들을 잘못 이해하도록 만들기 때문에 큰 잘못을 저지르게 된다.

다음은 어느 연구자가 미국인의 청결과 안락에 대한 욕망을 사회학적으로 분석한 책(에이드리언 포티,『욕망의 사물, 디자인의 사회사』, 허보윤 옮김, 일빛, 2004)에서 헤이젤 커크의 글(Hazel Kyrk. *Economics Problems of the Family.* New York, 1933)을 재인용하여 미국적 가치관이 초기 이민자들의 삶에 미친 억압적 효과를 설명하고 있다.(출전: 김덕호,「해방 이후 한국에서의 소비와 미국화 문제」,『미국학논집』 제37권 3호, 2005, p.159)

> …… 예를 들어, 20세기 초 유럽에서 미국으로 이민 온 폴란드인, 이탈리아인, 유태인 등은 미국에 도착한 이래로 미국화의 압력에 시달렸다. 즉, 그들은 알게 모르게 주류 미국 사회가 규정하는 미국적 가치관에 동화될 것을 강요당했다. 그러한 미국적 관념은 다음과 같은 1933년 글에도 나타나 있다.

육체적 안락과 신체적 청결 역시 미국 표준 생활에서 상대적으로 중요도가 높게 매겨지는 것으로 일컬어진다. '미국인화Americanization', 그것은 솔직히 말해서 더운 물과 크고도 많은 타월, 비누, 목욕용품이나 그 밖에 다른 청결용품들에 대한 열망을 의미한다. 육체적인 편안함이란 요소는 중앙난방, 선풍기, 냉장고, 그리고 안락의자 같이 이미 널리 퍼진 시스템 속에서 찾을 수 있다.[10]

1930년대 미국에서 건너온 이들에게 강요된 미국화란······

---

10) Hazel Kyrk, *Economics Problems of the Family,* (New York, 1933), 382; 에이드리언 포티, 『욕망의 사물, 디자인의 사회사』, 허보윤 옮김 (일빛, 2004), p.302에서 재인용.

그런데 누군가가 에이드리언 포티가 든 '중산층 미국인의 청결과 안락에 대한 욕망'의 사례를 1930년대 '선진국 가정의 생활의 전부'를 설명하는 것으로 읽었다거나 혹은 원저자 헤이젤 커크가 미국인의 안락한 시설과 용품이 '미국의 우수성을 선전'하고 있는 것으로 곡해해서 이해했다면 문제가 되었을 것이다. 인용은 위에 든 연구자처럼 정확한 이해를 전제해서 이루어져야 한다.

따라서 우리는 다음과 같은 지침을 마련해야 할 것이다. **지침 〈14〉 읽지 않은 자료나 불완전한 이해에 바탕을 둔 자료를 인용하지 말아야 한다.**

(4) 부분적인 인용처리의 비윤리성

연구자가 타인의 연구에 상당 부분을 의존하고, 자료를 참고 · 활용하면서도 일부에만 인용처리를 함으로써 나머지 부분은 필자 자신의 독창적인 것처럼 보이게 하는 행위는 연구윤리에 어긋난다.

다음은 베르그송의 철학을 인용하여 자신의 논지를 전개해나가는 글의 일부이다.(출전: 이효석. 「모더니즘 소설에 나타난 의식의 물질성-울프와 조이스를 중심으로」, 『물질 · 물질성 담론과 영미소설 읽기』, 서울: 동인, 2007, p.149-150)

여기서 중요한 것은 인간 주체를 변화와 과정으로서의 존재로 파악하고 그것의 운동성에 주목하는 베르그송이 언어의 한계 혹은 그것의 함정을 경계한다는 점이다. 예컨대 현재에 반복되는 과거의 감각이 사실은 서로 다르지만 우리가 그것을 동일하게 느껴지는 이유는 우리가 "그것을 번역하는 단어를 통해서 보기 때문"(『시론』 168)이다. 언어는 우리에게 "감각의 불변성을 믿게 할 뿐만 아니라 때로는 경험된 감각에 대해서도 우리를 속인다." 따라서 "분명히 확정된 윤곽을 가진 단어"는 "비개성적인 것을 저장해 놓은 난폭한 단어"이며 그것의 공적으로 고정된 규범적인 의미는 "개인적 의식의 섬세하고도 사라지기 쉬운 인상들을 말살해 버리거나 적어도 덮어 버린다." 따라서 단어와 언어로 번역되기 이전의 경험 즉, 지각이 받아들인 최초의 이미지를 복원하는 것이 중요해지는 것이다.

그런데 만약 이 연구자가 베르그송을 그의 글 상당 부분에서 이용하면서도 막상 그의 글에서는 부분적으로만 인용하였다면 그는 글쓰기 윤리를 상당히 침해하게 되었을 것이다.

여기서 중요한 것은 인간 주체를 변화와 과정으로서의 존재로 파악하고 그것의 운동성에 주목하는 베르그송이 언어의 한계 혹은 그것의 함정을 경계한다는 점이다. 예컨대 현재에 반복되는 과거의 감각이 사실은 서로 다르지만 우리가 그것을 동일하게 느껴지는 이유는 우리가 "그것을 번역하는 단어를 통해서 보기 때문"(『시론』 168)이다. 언어는 우리에게 감각의 불변성을 믿게 할 뿐만 아니라 때로는 경험된 감각에 대해서도 우리를 속인다. 따라서 분명히 확정된 윤곽을 가진 단어는 비개성적인 것을 저장해 놓은 난폭한 단어이며 그것의 공적으로 고정된 규범적인 의미는 개인적 의식의 섬세하고도 사라지기 쉬운 인상들을 말살해 버리거나 적어도 덮어 버린다. 따라서 단어와 언어로 번역되기 이전의 경험 즉, 지각이 받아들인 최초의 이미지를 복원하는 것이 중요해지는 것이다.

따라서 우리는 다음과 같은 지침을 마련해야 할 것이다.

지침 ⟨15⟩ 인용하는 글에 대한 부분적인 인용처리는
비윤리적이다.

5. 위조(falsification)와 변조(fabrication)

참고한 자료나 직접 확보한 자료, 혹은 연구된 결과에서
나온 자료를 연구자의 목적을 위해 위조하고 변조하는 행위
는 심각한 윤리위반이다. 위조와 변조는 황우석 박사의 논
문조작사건에서 보다시피 실험과 통계에 의존하는 학문분
야에서 연구자들이 흔히 저지르기 쉬운 연구윤리위반 항목
일 것이다. 이런 경우에 해당하는 사례가 무수히 많기 때문
에 이 자리에서 그 예를 거론하는 것은 큰 의미가 없을 것이
다. 다만 실험이나 데이터 혹은 통계에 의존하지 않는 사변
적이고 논쟁적인 인문사회분야의 논문이나 학생들의 과제
물에서도 자료의 위조와 변조가 일어날 수 있다는 점을 지
적하기로 한다. 예컨대 어느 연구자가 자신의 주제와 관련
하여 중요한 다른 연구자의 주장을 자신의 논지전개에 방해
가 된다는 이유만으로 일부러 무시한다거나 심지어 자신의
논지에 적합하도록 견강부회 격으로 해석하여 인용한다면

이는 정말 심각한 윤리위반이다.

다음은 18세기 말 영국 중산층 여성을 대표하는 메리 울스톤크래프트(Mary Wollstonecraft)를 당시 영국사회의 감성문화를 비판한 진보적인 사상가로 평가하는 논문의 일부분이다.(출전: 함종선, 「울스톤크래프트의 감성문화비평과 『프랑켄슈타인』 – 부르주아 가정의 성 규정의 문제를 중심으로」, 『19세기영어권문학』 제10권 2호, 2006, p.200-201)

울스톤크래프트는 영국 중산층, 혹은 부르주아 여성을 대변하는 사상가로 평가받아왔다. 몰락한 부농의 자손으로 태어나 학생들을 가르치고 글을 쓰면서 생계를 이어간 울스톤크래프트의 계급적 기반이 그러하거니와, 대표적 저서인 『여성의 권리 옹호』에서 누구보다도 중산층 여성의 자각을 호소하고 있는 점등을 볼 때, 울스톤크래프트가 부르주아 계층을 기반으로 하고 있음은 명백하다고 할 것이다. 이런 점에서 울스톤크래프트의 한계가 늘 지적되어 왔으며,[5] 특히 수단(Rajani sudan) 같은 비평가는 울스톤크래프트에게서 "부르주아 급진주의"와 제국주의의 공모, 즉 "애국주의, 제국주의, 외국인 혐오주의"를 읽어내기도 한다(72-79). 하지만 킬고어(Maggie Kilgour)의 주장처럼, "자아 분석" 혹은 "자아 성찰"이야말로 이성적 주체를 구성하는 부르주아적 가치로서, 고드윈이나 울스톤크래프트 같은 부르주아 사상가로 하여금 부르주아적 가치 그 자체를 비판적으로 성찰하게 하는 힘이라 할 것이다(53-57). ……

---

5) 감성문화의 성담론에 대해 전면적인 비판을 가했던 울스톤크래프트는 서구 페미니즘의 대모로 칭송되지만, 그녀의 한계성에 대한 비판 역시 적지 않다. 가장 일반적인 비판으로는 울스톤크래프트가 '이성'이라는 근대 부르주아 남성의 가치를 지향함으로써 한계성을 노정한다는 것이다. 키인(Angela Keane)은 울스톤크래프트가 정신/몸의 이분법에 근거함으로써 결국 '몸'을 억압하고 있다고 지적하며, 푸비(Mary Poovey)는 그녀가 '남성적' 이성과 '여성적' 감성 사이를 "오락가락했다"고 비판한다. 또한 수단(Rajani Sudan) 같은 비평가는 울스톤크래프트가 여성의 몸을 부르주아 가정성(bourgeois domesticity)과 모성 담론 안에 가두어 둠으로써 18세기 제국주의 담론에 공모했다고 주장하기도 한다.

이 연구자는 여기서 메리 울스톤크래프트의 중산층 계급으로서의 한계를 지적한 다른 연구자들의 반대의견을 본문과 각주를 통해 비교적 상세히 설명하고 있다. 이 연구자가 울스톤크래프트의 미덕을 강조하는 입장에 있으면서도 울스톤크래프트에게 불리하게 작용할 수도 있는 다른 연구자들의 비판도 자세히 소개하고 존중하는 객관적인 태도를 보인 것은 높이 평가할 만하다.

그러나 만약 이 연구자가 울스톤크래프트의 부르주아적 한계를 비판한 다른 연구자들의 논리를 넘어설 자신이 없어 다음의 글처럼 반대의견을 애써 무시하거나 폄훼하고 오히려 왜곡했다면 연구의 윤리성을 확보할 수 없었을 것이다. 예컨대 다음처럼 글을 썼다면 심각한 잘못을 범하게 될 것이다.

잘못된 글쓰기

울스톤크래프트는 영국 중산층, 혹은 부르주아 여성을 대변하는 사상가로 평가받아왔다. 몰락한 부농의 자손으로 태어나 학생들을 가르치고 글을 쓰면서 생계를 이어간 울스톤크래프트의 계급적 기반이 그러하거니와, 대표적 저서인 『여성의 권리 옹호』에서 누구보다도 중산층 여성의 자각을 호소하고 있는 점 등을 볼 때, 울스톤크래프트의 미덕은 엄청나다.[5] 킬고어(Maggie Kilgour)의 주장처럼, "자아 분석" 혹은 "자아 성찰"이야말로 이성적 주체를 구성하는 부르주아적 가치로서, 고드윈이나 울스톤크래프트 같은 부르주아 사상가로 하여금 부르주아적 가치 그 자체를 비판적으로 성찰하게 하는 힘이라 할 것이다(53-57). ……

---

5) 감성문화의 성담론에 대해 전면적인 비판을 가했던 울스톤크래프트는 서구 페미니즘의 대모로 칭송된다. 그러나 울스톤크래프트의 이러한 진정성을 의심하는 키인(Angela Keane), 푸비(Mary Poovey), 수단(Rajani Sudan)의 비판은 지나치게 급진적이고 다분히 감정적이어서 무시해도 좋다.

위조와 변조에 관련된 다음과 같은 데이터 조작사건은 윤리적 위반을 넘어 사법적 처벌의 대상이 될 수 있음을 간과해서는 안 될 것이다.

"주공산하 주택도시연구원 논문데이터 조작"

[한국경제TV 2007-11-01 13:48]

대한주택공사 산하 주택도시연구원 소속 연구원들이 논문데이터 조작을 저지른 것으로 드러났습니다.

국회 건교위 소속 윤두환 의원은 주공 국정감사에서 "주택도시연구원 소속 전문직 2급 연구원 4명은 금품수수, 연구 데이터 변조, 연구내용 임의 변경 등이 드러나 지난 8월2일자로 2명은 파면되고 1명은 정직, 1명은 견책을 당했다"고 밝혔습니다.

윤두환 의원은 "주택도시연구원은 자체적으로 과제를 정해 연구를 하기도 하지만 정부의 용역을 받아 연구하는 경우도 많아 논문 조작은 정부의 잘못된 정책을 유도할 수 있다는 점에서 문제가 심각하다"고 주장했습니다.

권영훈 기자 yhkwon@wowtv.co.kr

(2007년 11월 1일자 한국경제TV에서 발췌)

따라서 우리는 이와 관련해 다음과 같은 지침을 마련해야 할 것이다.

지침〈16〉 위조와 변조는 기장 심각한 연구윤리의 위반이다.

6. 정당한 사용권(fair use)의 위반

현재의 법은 저작권이 있는 자료를 공익을 목적으로 하거나 비평적 글쓰기에서 부분적으로 사용하는 것을 허용하고 있다. 이것이 '정당한 사용권'인데, 이를 오남용하는 것은 윤리의 위반이자 저작권의 위반과도 관계된다. 정당한 이용권은 저작권법의 예외 조항으로서, 저작권을 소유한 자의 허락 없이도 저작권이 있는 저작에서 짧은 구절을 인용하는 것을 허용하고 있다.

'정당한 이용'을 할 경우에도 표절을 피하려면 인용부호를 사용하고 출처를 밝혀야 한다. 또한 그 이용범위가 연구자의 독창적인 글의 보조적인 기능만을 해야만 한다. 그 인용한 부분이 연구자의 논의의 전부 혹은 핵심적인 부분을 차지해서는 곤란하다. 아주 나쁜 경우, 연구자는 여러 사람의 자료를 부분적으로 가져와 하나의 글을 만들고 그 글이 자신의 창작물이라고 주장할 수 있기 때문이다.

따라서 우리는 다음과 같은 지침을 마련해야 할 것이다.

지침 〈17〉 다른 연구자들의 글만을 모아놓거나 상당한 부분을 인용하고 이를 자신의 저작물로 독창성을 주장하는 것은 윤리의 위반일 뿐만 아니라 저작권의 침해에 해당한다.

7. 저자표기의 문제

국내 학계에서 가장 심각한 연구 부정행위 가운데 하나로 '부당한 저자표시'를 들 수 있다. 생산된 글의 작성 주체가 누구인지를 명확히 하고 공동작업인 경우는 그것을 분명하게 표기하는 것이 필수적이다.

저자의 표기는 연구의 주체, 연구에 관여한 연구자들의 역할의 중요성에 따라 명확하게 구분되어 이루어져야 한다. 논문의 완성에 크게 기여한 연구자들이 저작권을 지니며, 복수의 저자가 관여한 경우에 저작의 기여도는 이름이 나타나는 순서로 표시한다. 공동 연구의 경우 연구를 수행하기 전에 저자의 명단과 나열순서, 공헌도를 표시하는 방법을 확정함으로써 불필요한 오해를 피하고 책임과 관련성을 분명히 하는 것이 좋다.

다음은 연구논문에 참여한 복수의 저자들이 자신의 역할에 따라 저자의 위상을 논문의 서두의 각주에서 구별해놓은 모범적인 사례들이다.

제1사례(출전: 정연창, 서려임, 김은일, 「코퍼스에 기반한 한국 대학생의 영어 유의어 동사 연어능력에 관한 연구」, 『새한영어영문학』 제49권 2호, 2007, p.175)

코퍼스에 기반한 한국 대학생의 영어 유의어 동사 영어능력에 관한 연구

정연창, 서려임, 김은일*

I. 서 론

_____

*교신저자

제2사례(출전: 정은혁, 안경민, 「한국인 영어 학습자와 영어 모국어 화자의 불평 발화 행위 비교 연구」, 『영어영문학회』 제53권 2

호, p.335)

한국인 영어 학습자와 영어 모국어 화자의
불평 발화 행위 비교 연구

정은혁, 안경민**

I. 서 론

** 제1저자: 정은혁, 제2저자: 안경민

※ 참고

저작권법상 직접적으로 창작 또는 저술에 관여하지 않는 자가 저작자로 이름을 올릴 경우(예: 창작 또는 저술을 전혀 관여하지 않고 단순히 지도교수라는 명목으로 공동 저자로 이름을 올리는 경우 등)에는 '부정발행'으로 처벌(법 제99조)을 받게 된다(2007년 3월 14일자 연합뉴스).

다음은 저자표기와 관련해 문제가 된 사건의 언론본도의 일부이다.

학회지에 이름만 올리고 표절도 예사…
교수들 논문 나눠먹기

지난해 모 지방대 상경계열 교수로 임용된 K씨는 '실력 좋은(?) 민완 교수'로 통한다.

그가 임용심사 때 연구실적으로 인정받은 논문은 13편. 그 중 8편이 심사를 앞 둔 1년 동안 2~3곳의 학회지를 통해 집중적으로 발표됐다.

논문 수만 따지면 뛰어난 성과지만 학계의 시선은 결코 곱지 않다.

G학회 관계자는 "논문 대부분이 2~3명의 공저 형태고, 발표 역시 특정 학맥으로 얽힌 학회지를 통 해 이뤄졌다"며 "한마디로 신규임용 심사를 앞두고 특정 학회지를 이용해 노골적인 '밀어주기'를 한 것"이라고 말했다.

국내 학회(학술)지 일부가 학연·인맥을 동원한 '교수 만들기'나 '자리 보전' 수단으로 전락하고 있다.

특히 교수 업적 평가제가 강화되면서 특정 학회지를 통한 연구실적 부풀리기는 더욱 횡행하고 있다.

(2006년 4월 14일자 매일경제에서 발췌)

따라서 우리는 저자의 표기에 관해 다음과 같은 지침을 마련해야 할 것이다.

> 지침 〈18〉 저자의 표기는 연구의 주체, 연구에 관여
> 한 연구자들의 역할의 중요성에 따라 명확하게 구분
> 되어 이루어져야 한다.

III

나오며

이 글은 연구부정행위의 대표적인 사례인 '표절'을 대상으로 그 개념 및 유형, 그리고 표절판단을 위한 가이드라인을 제시하고 있다. 윤리적 글쓰기를 위반하는 유형을 다음 일곱 가지 항목으로 분류하여 구체적인 예시를 통하여 이해를 돕도록 하였다. 그 유형은 (1) 표절(plagiarism) (2) 자기표절 (self-plagiarism) (3) 저작권의 위반(copyright infringement) (4) 부주의한 글쓰기(inappropriate writing) (5) 위조(fabrication)와 변조(falsification) (6) 정당한 사용권 (fair use) (7) 저자표기(authorship) 등이었다.

지금까지 역자는 이상과 같은 일곱 가지 유형에 따라 18

개 항목의 지침을 마련했다. 그러나 이는 포괄적인 지침이므로 연구윤리에 관한 지침을 마련하려는 관계 연구기관이나 학회, 그리고 대학은 필요에 따라 이를 더 세분하여 구분할 수도 있을 것이고 혹은 역으로 좀 더 간소하게 규정을 마련할 수 있을 것이다. 본 역자의 견해로는 연구윤리에 미숙한 대학 학부생이나 연구 초심자를 위해서는 더욱 상세하고 세분화된 연구윤리지침이 필요할 것으로 생각한다. 반면 연구윤리에 익숙한 교수나 학회를 위한 지침은 포괄적인 지침을 축으로 하고 해당 학문이나 학풍, 혹은 학회에 따라 꼭 필요한 조항을 신설 또는 세분화하는 것이 효율적일 것으로 생각한다.

참고로 역자는 다음 절에서 이 글의 결과에 따라 도출한 연구윤리지침을 18개항으로 나누어 제시한다.

IV

연구윤리지침 요약

지침〈1〉 연구윤리를 준수하는 자는 인용하는 글을 본인의 글과 분명히 구분하고 이를 누구나 잘 알 수 있도록 형식에 맞게끔 인용을 명확히 표시한다.

지침〈2〉 연구윤리를 준수하는 자는 자신의 글이 빚지고 있는 다른 사람의 공로에 고마움을 표시하고 그 아이디어의 출처를 분명히 밝혀야 한다.

지침〈3〉 다른 사람의 글을 바꿔쓰기 할 때도 그 출처를 분명히 밝혀야 한다.

지침〈4〉 다른 사람의 글을 요약할 때도 그 출처를 분명히 밝혀야 한다.

지침〈5〉 다른 사람의 글이나 아이디어를 자신의 단어나 아이디어로 편집, 변형하여 마치 자신의 것으로 만들 경우 표절에 해당하며, 이 경우 반드시 출처를 밝혀야 한다.

지침〈6〉 이미 발표된 논문과 동일하거나 상당 부분이 겹치는 내용을 다시 발표하는 것은 이중게재로서 연구윤리에 위배된다.

지침〈7〉 다른 교과목을 수강하면서 제출한 적이 있는 글을 다른 교과목에서 다시 제출할 경우, 반드시 담당교수와 상의해야 한다. 이를 어길 경우 자기표절이다.

지침〈8〉 하나의 연구로 충분한 자료를 분할하여 복수의 논문에서 활용하는 것은 연구윤리에 위배된다.

지침〈9〉 이전의 자료에 비슷한 성격의 자료를 추가하여 새로운 글을 만드는 것은 비윤리적이다.

지침〈10〉 표절, 자기표절, 심지어 정당한 사용조차도 저작권 침해를 의식해야만 한다.

지침〈11〉 연구단체의 내부자료나 프로시딩의 원고를 게재할 경우, 관련 편집자와 관계자들에게 상의하는 것이 필수적이다.

지침〈12〉 인용문헌과 인용이 일치하는지를 상호대조하여야 한다.

지침〈13〉 재인용을 직접인용으로 표기하지 말아야 한다.

지침〈14〉 읽지 않은 자료나 불완전한 이해에 바탕을 둔 자료를 인용하지 말아야 한다.

지침〈15〉 인용하는 글에 대한 부분적인 인용처리는 비윤리적이다.

지침〈16〉 위조와 변조는 기장 심각한 연구윤리의 위반이다.

지침〈17〉 다른 연구자들의 글만을 모아놓거나 상당한 부분을 인용하고 이를 자신의 저작물로 독창성을 주장하는 것은 윤리의 위반일 뿐만 아니라 저작권의 침해에 해당한다.

지침〈18〉 저자의 표기는 연구의 주체, 연구에 관여한 연구자들의 역할의 중요성에 따라 명확하게 구분되어 이루어져야 한다.

참고문헌

곽동철, 「인문사회분야 표절 예방을 위한 구체적 방안」, 『인문사회분야 표절 가이드라인 제정을 위한 기초 연구』 공청회 자료집, 2007년 11월 23일.

고려대학교, 「연구진실성 확보를 위한 연구윤리지침(안)」, 2007. 9. 1.

교수신문, 「논문 쪼개내기 관행, 이대로 좋은가」, 2004. 8. 21.

- - - , 「논단: 표절과 창작의 한계점에서」, 2006. 4. 2.

- - - , 「학생의 영혼을 파는 일」, 2006. 6. 21

- - - , 「전가의 보도: 표절과 도덕」, 2007. 3. 2.

- - - , 「광주교대, 교수2명 논문표절」, 2007. 5. 6.

교육인적자원부, 한국학술진흥재단, 『제1회 연구윤리포럼: 올바른 연구 실천의 방향과 과제』 자료집, 2007. 10. 23.

김덕호, 「해방 이후 한국에서의 소비와 미국화 문제」, 『미국학논집』 제37권 3호, 2005.

김용규, 「지젝의 대타자와 실재계의 윤리」, 『타자의 타자성

과 그 담론적 전략들』, 정해룡 외, 부산: 부산대학교출판
부, 2004.

동아일보, "전여옥 책『일본은 없다』일부 무단인용", 2007.
7. 12.

대구교육대학교 교수협의회,『총장 강현국의 퇴진을 촉구한
다』자료집.

매일경제, "학회지에 이름만 올리고 표절도 예사… 교수들
논문 나눠먹기", 2006. 4. 14.

박훈하 외 편,『2000 문화가 선 자리』, 부산: 세종출판사,
2001.

여건종, 「문화적 마르크스–창조적 인간, 자기실현, 사유」,
『한국영어영문학』제50권 1호, 2004.

연합뉴스, "교육부총리 · 대학총장 잡는 논문표절." 2007. 2.
15.

- - -, "표절기준 및 표절방지 대책 추진." 2007. 3. 14.

- - -, "방통대, 교재 표절 대응 '특별위' 출범" 2007. 1. 5.

윤정길, 「19세기 영국 소설에 나타난 백인 여성과 유색인종
간의 이미지 동질성 연구」,『영미문학페미니즘』9권 1호,
2001.

월간중앙, 「표절 특별기획」, 2007년 4월호.

이인재, 「인문사회분야의 표절의 개념과 범위 그리고 유형」, 『인문사회분야 표절 가이드라인 제정을 위한 기초연구』 공청회 자료집, 2007. 11. 23.

이효석, 「모더니즘 소설에 나타난 의식의 물질성-울프와 조이스를 중심으로」, 『물질·물질성의 담론과 영미소설 읽기』, 서울: 동인, 2007.

- - - , 「『나사의 회전』과 크리미아 전쟁-키플링의 「맥앤드루의 송가」에 대한 패러디」, 『영어영문학회』 제52집 4호, 2006.

정연창 외, 「코퍼스에 기반한 한국 대학생의 영어 유의어 동사 연어능력에 관한 연구」, 『새한영어영문학』 제49권 2호, 2007.

정은혁 외, 「한국인 영어 학습자와 영어 모국어 화자의 불평 발화 행위 비교 연구」, 『영어영문학회』 제53권 2호.

정정호, 『전환기의 문학과 대화적 상상력』, 서울: 한신문화사, 1998.

정해룡 외, 『타자의 타자성과 그 담론적 전략들』, 부산: 부산대학교출판부, 2004.

정해룡, 「타자로서의 오셀로」, 『셰익스피어 리뷰』 41권 3호, 2005.

한국경제TV, "주공산하 주택도시연구원 논문데이터 조작",
    2007. 11. 1.

함종선, 「울스톤크래프트의 감성문화비평과 『프랑켄슈타
    인』-부르주아 가정의 성 규정의 문제를 중심으로」, 『19
    세기영어권문학』 제10권 2호, 2006.

Harris, Robert A. *The Plagiarism Handbook.* LA: Pyrczak
    Publishing, 2001.

Kwon, Yeon-Jin. "Frame Semantics as a Framework for
    Describing Commercial Transaction Verbs". 『새한영어영
    문학』 제46권 1호.

Leverenz, David. *Manhood and the American Renaissance.*
    Ithaca and London: Cornell UP, 1989.

Lipton, Charles. *Doing Honest Work in College.* Chicago:
    Univ. Chicago Press, 2004.

Marsh, Bill. *Plagiarism: Alchemy and Remedy in Higher
    Education.* Albany: State Univ. of New York Press, 2007.

Pecora, Vincent P. "the Culture of Surveillance". 『새한영어
    영문학회』 제44권 1호.

Roig, Miguel. "Avoiding Plagiarism, self-plagiarism, and
    other questionable writing practices: a guide to ethical

writing." http://facpub.stjohns.edu/~roigm/plagiarism /Index.html. 2006. p.2.

Standler, Ronald B. "Plagiarism in Colleges in USA." http://www.rbs2.com/plag.htm.

저자 – 리처드 앨런 포스너(Richard Allen Posner)

1939년 미국 뉴욕에서 태어난 미국의 저명한 법리학자이자 현직판사. 현재 미국 제 7 순회 항소법원 소속의 판사로 재직 중이다. 시카고 법대에서 교수로 있을 때 경제학의 원리를 법학에 접목시킨 '법과 경제학'이라는 분야를 개척한 것으로 유명하다. 현재도 시카고 법대의 교수 신분으로 남아 있다.

포스너는 실용주의 철학과 자유주의 정치학, 그리고 경제학적 방법론을 통합한 법철학을 꾸준히 개진하고 있는데, 저서로는 『법제의 문제』(*The Problems of Jurisprudence*), 『성과 이성』(*Sex and Reason*), 『법, 실용주의, 민주주의』(*Law, Pragmatism and Democracy*), 『도덕과 법의 이론의 문제』(*The Problematics of Moral and Legal Theory*) 등이 있다. 이 밖에도 민감한 정치 및 외교 문제를 포함한 다양한 사회적 주제에 관심을 갖고 있으며, 뉴욕타임스에 의해 "지난 반세기 역사상 가장 중요한 반독점법 법학자"의 한 사람으로 인정받기도 했다.

역자 – 정해룡(鄭海龍)

1954년 태어나 부산대학교를 졸업하고 미국 Clemson University 문학석사, University of South Carolina 문학박사 학위를 받았으며 현재는 부경대 영어영문학부 교수이다. (전)전국국공립대학교수회연합회 상임회장을 역임했고, 부경대학교 교수회장 및 대학평의회 의장이며 한국셰익스피어학회 학술부회장이기도 하다.

표절의 문화와 글쓰기의 윤리

첫판 1쇄 펴낸날 2009년 1월 5일

지은이 리처드 앨런 포스너(Richard Allen Posner)
옮긴이 정해룡
펴낸이 강수걸
펴낸곳 산지니
등록 2005년 2월 7일 제14-49호
주소 부산광역시 연제구 거제1동 1493-2 효정빌딩 601호
전화 051-504-7070 | **팩스** 051-507-7543
sanzini@sanzinibook.com
www.sanzinibook.com

ISBN 978-89-92235-54-9 93800
값 12,000원